AF290496

Niklas und Luke

Vergittertes Herz

Alisa Kevano

Inhaltsverzeichnis

Kapitel 1

Niklas schlenderte durch die kühlen, hallenden Gänge des Gefängnisses von Kastellburg, sein Blick auf die grauen, abgenutzten Fliesen unter seinen Füßen gerichtet.

Der frühe Morgen hatte noch nicht begonnen, die Schatten der Nacht vollständig zu vertreiben, und die künstlichen Lichter über ihm warfen ein grelles, unerbittliches Licht auf die Korridore. Seine Schritte hallten in einer monotonen Regelmäßigkeit wider, die sich mit den leisen, aber stetigen Geräuschen des Gefängnisalltags vermischte: dem Knarren einer Tür, dem leisen Murmeln von Stimmen hinter massiven Zellentüren, dem gelegentlichen Klirren von Schlüsseln.

Niklas war nun schon seit drei Jahren als Wärter hier tätig, und obwohl die Routine seine Tage vorhersehbar machte, blieb ein Rest Unsicherheit, der ihn wachsam hielt. Jeder Tag konnte die gleiche Monotonie aufweisen oder plötzlich von unvorhergesehenen Ereignissen durchbrochen werden. Gerade diese Unvorhersehbarkeit ließ ihn manchmal zweifeln, ob dies wirklich der richtige Beruf für ihn war. Doch dann erinnerte er sich daran, wie wichtig Stabilität und Sicherheit für die Gesellschaft waren – Werte, die er durch seine Arbeit verteidigte.

Er betrat den Kontrollraum, ein kleiner, quadratischer Raum mit einem Überwachungsschalter, der einen umfassenden Blick auf die Überwachungskameras bot. Niklas grüßte knapp seinen Kollegen Martin, der die Nachtschicht hatte und sichtlich müde aussah.

«Ruhige Nacht?», fragte Niklas, während er seine Jacke an einen Haken hängte.

«Wie immer. Nichts Neues. Der Neue kommt heute, oder?», antwortete Martin, während er sich die Augen rieb.
«Ja, soll am Vormittag eintreffen. Hat der Direktor dir etwas über ihn erzählt?», erkundigte sich Niklas, neugierig auf jede Information, die über das übliche Maß hinausging.
«Nicht viel. Nur dass wir ihn im Auge behalten sollen. Du weißt schon, das Übliche.» Martin stand auf und streckte sich. «Pass auf dich auf, Niklas. Und halt ein Auge auf den Neuen.»
«Mach ich. Danke, Martin.»
Mit diesen Worten übernahm Niklas den Kontrollraum. Er setzte sich an den Schreibtisch und studierte die Monitore vor sich. Es war eine bizarre Erfahrung, das Leben so vieler Menschen aus dieser Vogelperspektive zu überwachen, ein ständiger Balanceakt zwischen Distanz wahren und eingreifen müssen.

Als die Sonne höher stieg und das Tageslicht die künstliche Beleuchtung im Gefängnis überflüssig machte, machte sich Niklas auf den Weg, um die anderen Wärter zu treffen und die Vorbereitungen für die Ankunft des neuen Insassen zu treffen.

Während er durch die Gänge ging, dachte Niklas über seine eigenen Anfänge hier nach. Jeder Schritt, den er damals tat, war von Unsicherheit geprägt gewesen. Jetzt, drei Jahre später, fühlte er sich sicherer, aber das Bewusstsein, dass jeder neue Tag eine neue Herausforderung darstellen könnte, ließ ihn nie ganz los.

Kapitel 2

Luke fühlte den festen Griff des Wärters an seinem Arm, als er aus dem Transporter stieg und den ersten Blick auf das Gefängnis von Kastellburg warf. Das massive Gebäude stand düster und einschüchternd vor ihm, seine hohen Mauern verschluckten beinahe das Morgenlicht. Es war ein kalter, grauer Tag, und ein leichter Nieselregen fiel, machte die Szenerie noch trister.

Er wurde durch eine schwere Eisentür geführt, die hinter ihm mit einem hohlen Echo ins Schloss fiel. Das Geräusch hallte in Luke nach, ein ständiger Reminder daran, dass es kein Zurück mehr gab.

Sein Herz schlug schneller, während er versuchte, seine Nervosität unter Kontrolle zu halten. Er musste stark bleiben, sich nichts anmerken lassen. Seine Rolle als Insasse war eine Fassade, aber eine, die er um jeden Preis aufrechterhalten musste.

Im Eingangsbereich wurde Luke einer gründlichen Durchsuchung unterzogen. Die Routine war erniedrigend, aber er wusste, dass Widerstand nur Misstrauen erwecken würde. Nachdem er seine Habseligkeiten abgegeben hatte, darunter ein paar persönliche Gegenstände, die er mitnehmen durfte, wurde ihm eine Gefängnisuniform überreicht. Der grobe Stoff kratzte auf seiner Haut, ein ständiger, unangenehmer Reminder an seine neue Realität.

«Name?», fragte der Wärter, ein älterer Mann mit strengem Blick und einer tiefen Falte zwischen den Augenbrauen.

«Luke Schwarz», antwortete er mit fester Stimme, um sich seine Nervosität nicht anmerken zu lassen.

«Folge mir. Du wirst jetzt deine Zelle zugewiesen bekommen und die Regeln hier lernen. Verstöße werden nicht toleriert», erklärte der Wärter, während sie durch einen weiteren langen Gang gingen.

Luke nickte nur, seine Gedanken wirbelten umher. Er wusste, dass die nächste Zeit entscheidend sein würde. Er musste Verbindungen knüpfen, Vertrauen aufbauen, aber gleichzeitig vorsichtig sein, um nicht zu viel von sich preiszugeben.

Die Hauptaufgabe, Informationen über den Mafiaboss zu sammeln, der ebenfalls in diesem Gefängnis saß, schwebte wie ein Damoklesschwert über ihm.

Sie erreichten einen Block mit Zellen, und Luke wurde eine Zelle am Ende des Ganges zugewiesen. Der Raum war klein und karg, mit einem schmalen Bett, einem Waschbecken und einer Toilette. Sein Zellenpartner, ein Mann mittleren Alters mit müden Augen und einer Narbe über der linken Wange, nickte ihm stumm zu.

«Das ist Tom», sagte der Wärter, bevor er sich umdrehte und ging. «Ich lasse euch jetzt allein. Essen gibt es in einer Stunde im Gemeinschaftsraum. Bis dahin solltest du dich einrichten.»
Als die Schritte des Wärters verklungen waren, richtete Luke sich an Tom.
«Hi, ich bin Luke.»
Tom musterte ihn kurz und nickte dann.
«Tom. Willkommen in Kastellburg. Hoffe, du hast dich darauf eingestellt, eine Weile zu bleiben.»
Luke setzte sich auf sein Bett und sah sich um. Die Zelle war beklemmend eng, die Wände kalt und ausdruckslos. Es würde nicht einfach werden, sich hier einzuleben, aber er hatte keine Wahl. Jeder Tag, den er hier verbrachte, war ein Tag näher an seinem Ziel, und das hielt ihn aufrecht.
Während er seine wenigen Besitztümer auspackte, dachte Luke über seine Mission nach. Er musste vorsichtig sein,

clever und geduldig. Der Erfolg seiner
Undercover-Mission hing nicht nur von
seiner Fähigkeit ab, Informationen zu
sammeln, sondern auch davon, wie gut
er sich in die Gefängnisgemeinschaft
integrieren konnte.

Niklas war an diesem Tag damit beauf-
tragt, die Überwachung der neu
ankommenden Insassen zu leiten, eine
Aufgabe, die turnusmäßig unter den
Wärtern rotiert. Dies gab ihm die
Gelegenheit, die neuen Insassen zu
beobachten und sicherzustellen, dass
ihre Integration in die Gefängnisgemeinschaft reibungslos verlief. Es
war auch eine Maßnahme, um die
Sicherheit für alle Beteiligten zu
gewährleisten, insbesondere da einige
der Neuen möglicherweise von anderen Gefängnissen oder aus schwierigen
Verhaftungssituationen kamen.

Als er Lukes Zelle erreichte, klopfte
Niklas an die Tür und trat ein. Luke
und sein Zellenpartner Tom sahen auf,

und sofort fiel Niklas' Blick auf Luke. Trotz der tristen Umgebung und der Gefängniskleidung hatte Luke eine Ausstrahlung, die sofort Niklas' Aufmerksamkeit erregte. Es war mehr als nur Lukes offensichtlich gutes Aussehen; es war eine Art stille Intensität, die Niklas selten bei Insassen bemerkte.

«Guten Tag, ich bin Wärter Niklas Meier. Heute überwache ich die Integration der neuen Insassen. Wie geht es dir bisher?», fragte Niklas, seine Stimme ruhig und professionell, doch seine Augen zeigten ein echtes Interesse.

Luke stand auf, sein Verhalten selbstbewusst und gefasst.

«Luke Schwarz. Danke, es ist alles noch etwas neu, aber ich komme klar.» Seine Stimme war fest, und Niklas spürte eine untergründige Kraft darin.

Niklas nickte.

«Ich werde sicherstellen, dass dein Einstieg hier so reibungslos wie möglich

verläuft. Wenn du Fragen hast oder irgendwelche Bedenken, lass es mich wissen. Wir wollen sicherstellen, dass alle Insassen fair behandelt werden.»
«Das weiß ich zu schätzen», erwiderte Luke, und Niklas bemerkte einen Hauch von Erleichterung in seinen Augen.
Nach einem kurzen Austausch mit Tom verließ Niklas die Zelle, um seine Runde fortzusetzen. Während er durch die Gänge ging, dachte er über die Begegnung nach. Luke hatte etwas an sich, das er schon lange nicht mehr gesehen hatte. Vielleicht auch noch nie. Er hätte gern mehr über den attraktiven Mann erfahren, aber er wusste, dass er professionell bleiben musste.
Diese Neugier war gefährlich.

Kapitel 3

Luke hatte gerade sein spärliches Mittagessen beendet, als er zurück in seine Zelle geführt wurde. Die erste Mahlzeit hinter Gittern hatte etwas Endgültiges an sich, und obwohl er schon viele Herausforderungen in seinem Leben gemeistert hatte, fühlte sich dies wie ein besonders schwerer Schlag an. Der Gemeinschaftsraum war laut und unruhig gewesen, gefüllt mit dem Gemurmel und den gelegentlichen Ausrufen anderer Insassen. Luke hatte bemerkt, wie einige der älteren Gefangenen ihn musternd betrachteten, ihre Blicke scharf und abwägend.

Jetzt, wieder in der relativen Stille seiner Zelle, setzte sich Luke auf sein Bett und schaute zu Tom, der auf seinem eigenen Lager lag und ein abgegriffenes Buch las. Tom schien ihn bewusst zu ignorieren, was Luke die

Gelegenheit gab, seine Gedanken zu ordnen. Er musste klug vorgehen, wollte er seine Mission erfolgreich ausführen und gleichzeitig unversehrt bleiben.

«Hast du Tipps für einen Neuling?», brach Luke schließlich das Schweigen. Seine Stimme war ruhig, aber seine innere Anspannung war kaum zu verbergen.

Tom blickte von seinem Buch auf und musterte Luke einen Moment lang. «Halte den Kopf unten und bleib aus Ärger heraus. Und vertraue niemandem zu schnell – hier drinnen ist jeder für sich selbst.»

«Verstanden», antwortete Luke, obwohl er wusste, dass sein Erfolg genau davon abhängen würde, wie gut er die anderen Insassen für sich gewinnen konnte. «Danke.»

Tom nickte knapp und widmete sich wieder seinem Buch, ließ Luke mit seinen Gedanken allein.

Luke wusste, dass er vorsichtig sein musste, um nicht zu offensichtlich nach Informationen zu suchen, besonders nicht so früh. Er musste erst Vertrauen aufbauen, sich einen Platz in dieser neuen Hierarchie erarbeiten.

In den folgenden Tagen lernte Luke schnell die ungeschriebenen Regeln des Gefängnislebens. Er beobachtete, wie Gruppen sich bildeten, wer Einfluss hatte und wer gemieden wurde. Besonders achtete er auf jegliche Erwähnung von Antonio, dem Mafiaboss, der das Ziel seiner Ermittlung war. Antonio hielt sich meistens im Hintergrund, umgeben von einer Gruppe treuer Anhänger, die ihn wie eine Art König behandelten.

Die Herausforderung bestand nicht nur darin, Antonio nahezukommen, sondern auch darin, es so zu tun, dass es nicht verdächtig erschien. Luke musste geduldig sein, eine Eigenschaft, die ihm nicht immer leichtfiel, besonders unter diesen bedrückenden Umständen.

Eines Abends, als die Zellen für die Nacht verschlossen wurden, lehnte sich Luke gegen die kalte Wand und schloss die Augen. Die Dunkelheit in seiner Zelle war erdrückend, und die Stille wurde nur durch das gelegentliche Rasseln von Ketten und das ferne Schlagen von Eisentüren unterbrochen.

In diesem Moment fühlte er das volle Gewicht seiner Aufgabe.

Er dachte an Niklas, den Wärter, dessen ernste, aber freundliche Augen ihn irgendwie beruhigt hatten. Luke hoffte, dass ihre Pfade sich wieder kreuzen würden. Vielleicht konnte Niklas, ohne es zu wissen, ein Verbündeter sein, oder zumindest eine Quelle von Trost in diesem harten Umfeld. Luke wusste, dass er jede Hilfe brauchen könnte, die er bekommen konnte.

Die nächsten Tage würden entscheidend sein, um seine Strategie zu festi-

gen und die ersten Schritte zu machen,
die ihn seinem Ziel näherbrachten.

Kapitel 4

Das morgendliche Licht fiel flach durch die hohen Fenster des Besprechungsraums im Verwaltungsgebäude des Gefängnisses von Kastellburg. Niklas hatte sich frühzeitig eingefunden, eine Gewohnheit, die er von seinem Vater übernommen hatte. Er saß an einem der hinteren Plätze, seine Hände gefaltet, während er darauf wartete, dass die Besprechung begann.

Der Raum füllte sich langsam mit anderen Wärtern und einigen höheren Beamten. Der Gefängnisdirektor, Herr Fischer, trat an das Podium. Er war ein ernster Mann mit scharfen Gesichtszügen und einer durchdringenden Art zu sprechen. Niklas respektierte ihn, war jedoch manchmal von seiner unnachgiebigen Strenge eingeschüchtert.

«Guten Morgen», begann Herr Fischer. «Wie Sie wissen, haben wir in den letzten Monaten eine erhöhte Kriminalität innerhalb der Gefängnismauern festgestellt. Außerdem gibt es eine neue Initiative des Justizministeriums, die darauf abzielt, die Sicherheit in allen Bundesgefängnissen zu verstärken. Diese Besprechung dient dazu, unsere aktuellen Sicherheitsprotokolle zu überprüfen und anzupassen.»

Ein Sicherheitsbeamter trat vor und projizierte einige Grafiken an die Wand. «Hier sehen Sie die Zunahme der Vorfälle in den letzten sechs Monaten – darunter Drogenfunde, Schmuggel von unerlaubten Gegenständen und gewalttätige Auseinandersetzungen. Unsere Antwort darauf muss eine Anpassung unserer Überwachungs- und Sicherheitsstrategien sein.»

Die Diskussion vertiefte sich, als Maßnahmen wie die Erhöhung der Anzahl der Kameras, die Verschärfung der

Kontrollen bei Besuchen und die Verbesserung der Koordination zwischen den verschiedenen Abteilungen besprochen wurden.

«Diese Maßnahmen sind nicht nur als Reaktion auf spezifische Bedrohungen gedacht, sondern auch präventiv», erklärte Herr Fischer. «Wir wollen sicherstellen, dass unser Gefängnis ein sicheres Umfeld für sowohl Insassen als auch Personal bleibt.»

Niklas lauschte aufmerksam.

Die Informationen waren besorgniserregend, aber die transparente Kommunikation und die offensichtlichen Bemühungen zur Verbesserung der Situation gaben ihm ein Gefühl der Sicherheit. Gleichzeitig machte er sich Gedanken darüber, wie diese Veränderungen den Alltag und die Stimmung im Gefängnis beeinflussen würden. Jeder im Raum wusste, dass die Umsetzung dieser neuen Maßnahmen sorgfältig beobachtet und möglicherweise angepasst werden musste, abhängig von ihrer Wirksamkeit und den Reaktionen der Insassen.

Als die Besprechung endete, fühlte sich Niklas einerseits besser informiert, andererseits aber auch besorgt über die zunehmenden Herausforderungen. Er wusste, dass er und seine Kollegen in den kommenden Wochen besonders wachsam sein mussten. Während er den Raum verließ, dachte er über die Menschen nach, die von diesen Entscheidungen betroffen waren – nicht nur die Wärter und das übrige Personal, sondern auch die Insassen, deren tägliches Leben sich nun verändern würde.

Kapitel 5

Luke spürte, dass jede seiner Bewegungen von den Wärtern genau beobachtet wurde, während er den Hof des Gefängnisses betrat. Die Luft war kalt und der Himmel bedeckt, eine passende Kulisse für das graue Betonmeer von Kastellburg. Er schloss sich einer Gruppe von Insassen an, die sich auf einem abgenutzten Spielfeld versammelten, um Fußball zu spielen. Sport war eine der wenigen Gelegenheiten, bei denen die Insassen eine gewisse Freiheit genossen, und eine perfekte Chance für Luke, sich unauffällig in die Gemeinschaft zu integrieren.

Er wurde schnell in ein Team eingeteilt und das Spiel begann. Luke nutzte die Gelegenheit, um sich körperlich zu betätigen und gleichzeitig die Dynamik zwischen den Insassen zu beobachten.

Seine Augen suchten nach Antonio und seinen engsten Verbündeten. Er bemerkte, dass einige von ihnen am Rand des Spielfelds standen und zuschauten, ihre Gespräche leise und ernst.

Nach einigen Minuten auf dem Feld gelang es Luke, eine kurze Pause zu nutzen, um sich Antonio zu nähern. Er wählte seine Worte sorgfältig, bewusst darum bemüht, nicht zu aufdringlich zu wirken.

«Schönes Spiel heute, oder?», begann er, sich neben zwei von Antonios Männern stellend.

Einer der Männer, ein breitschultriger Insasse mit einem dichten Bart, nickte knapp.

«Ja, du bist ganz gut. Wo hast du gespielt?»

Luke lächelte leicht, dankbar für das eingegangene Gespräch. «Früher viel in der Schule und dann ein bisschen im Verein. Aber es ist eine Weile her.»

Seine Antwort war vage, aber wahrheitsgetreu genug, um glaubwürdig zu sein.

Das Gespräch vertiefte sich nicht weiter, aber die kurze Interaktion war ein erster Schritt. Luke wusste, dass es wichtig war, langsam vorzugehen und Vertrauen schrittweise aufzubauen. Nach dem Spiel verbrachte er noch einige Zeit damit, mit verschiedenen Insassen zu sprechen, immer darauf bedacht, sich nicht zu sehr aufzudrängen oder verdächtig zu erscheinen.

Als er später in seine Zelle zurückkehrte, reflektierte Luke die Ereignisse des Tages. Er hatte einige Namen und Gesichter zugeordnet und begann, ein besseres Verständnis für die Hierarchie und die ungeschriebenen Regeln innerhalb der Insassen zu entwickeln.

Jeder Schritt, den er tat, musste wohlüberlegt sein, denn ein falscher Zug konnte seine gesamte Mission gefährden.

Diese erste Kontaktaufnahme mit Antonios Leuten war ein kleiner, aber entscheidender Schritt in seinem langfristigen Plan. Luke war sich bewusst, dass er geduldig und vorsichtig sein musste, und das Fußballspiel hatte ihm eine unschätzbare Gelegenheit gegeben, ohne großen Verdacht erste Verbindungen zu knüpfen. Er wusste, dass es viele weitere solcher Momente brauchen würde, um sein Ziel zu erreichen, aber er war bereit, das Risiko einzugehen.

Nach dem sportlichen Nachmittag, der sowohl für Körper als auch für Lukes Pläne aufschlussreich war, fand er sich zufällig neben Niklas wieder, als sie beide den Gefängnishof überquerten. Die kühle Herbstluft hatte sich ein wenig aufgewärmt, und ein paar Sonnenstrahlen brachen durch die sonst dichte Wolkendecke.

Es war einer dieser seltenen Momente im Gefängnisalltag, die ein Hauch von Normalität vermittelten.

Niklas hatte die Entwicklung auf dem Spielfeld aus der Ferne beobachtet, nicht ahnend, dass Luke strategische Verbindungen knüpfte. Er bemerkte jedoch die Art, wie Luke mit den anderen Insassen interagierte, und das hatte sein Interesse geweckt. Als er neben Luke herging, entschloss er sich spontan, das Gespräch zu suchen.

«Das war ein gutes Spiel da draußen», begann Niklas, die Worte sorgfältig wählend, um nicht zu offiziell zu klingen. «Du scheinst schnell Anschluss zu finden, das ist gut.»

Luke lächelte leicht.

«Danke, ich versuche nur, das Beste aus der Situation zu machen. Fußball hilft… es fühlt sich ein bisschen wie Freiheit an.»

Niklas nickte verstehend. Er hatte oft beobachtet, wie Sport den Insassen half, etwas von dem Druck abzubauen, den das Gefängnisleben mit sich brachte.

«Ja, das kann ich nachvollziehen. Es ist wichtig, etwas zu haben, das einem ein Stück Normalität gibt.»

Die beiden gingen einige Schritte in bequemem Schweigen nebeneinander her, dann wagte Niklas eine persönlichere Frage, getrieben von der menschlichen Neugier, die jeder Wärter manchmal empfand.

«Wie kommst du zurecht? Die ersten Tage sind oft die härtesten.»

Luke blickte kurz zur Seite, überlegte, wie viel er preisgeben sollte.

«Es ist eine Umstellung, das ist sicher. Aber ich glaube, ich finde langsam meinen Platz hier.»

Niklas bemerkte die sorgfältig gewählten Worte und spürte, dass Luke mehr überlegte, als er sagte. Es war nicht ungewöhnlich, dass Insassen zurückhaltend waren, und doch fühlte Niklas, dass bei Luke mehr dahintersteckte. Er entschied, das Thema nicht weiter zu vertiefen, wissend, dass Vertrauen Zeit brauchte.

«Nun, wenn es irgendwas gibt, das deinen Aufenthalt hier erleichtern könnte, lass es mich wissen. Es ist Teil meines Jobs, sicherzustellen, dass du sicher bist und fair behandelt wirst», sagte Niklas, mehr Professionalität in seine Stimme legend.

Luke nickte dankbar, beeindruckt von Niklas' aufrichtigem Ansatz.

«Ich werde daran denken. Danke.»

Als sie sich den Gebäuden näherten, trennten sich ihre Wege. Luke dachte über das Gespräch nach und wie es vielleicht seine Perspektive auf Niklas verändert hatte. Vielleicht war Niklas mehr als nur ein weiterer Wärter, vielleicht konnte er sogar ein unerwarteter Verbündeter sein, dachte Luke, während er zurück in die streng geregelte Welt des Gefängnisalltags ging.

Niklas hingegen fühlte eine unerklärliche Verbindung zu dem neuen Insassen, eine Mischung aus professionellem Interesse und menschlichem Mitgefühl, die ihn in den kommenden Tagen beschäftigen würde.

Der Gefängnishof war am späten Nachmittag meistens ruhiger, die meisten Insassen zogen sich nach dem Abendessen in ihre Zellen zurück oder nutzten die letzte Zeit des Tages für ruhigere Aktivitäten. Luke nutzte diese Zeit, um einen Brief zu schreiben, eine der wenigen Möglichkeiten, die ihm zur Verfügung standen, um mit der Außenwelt in Kontakt zu treten. Während er sorgfältig die Worte wählte, hörte er plötzlich laute Stimmen und das Geräusch eines Kampfes draußen.

Er legte den Stift nieder und trat vorsichtig an das kleine Fenster seiner Zelle, von wo aus er einen Teil des Hofes einsehen konnte. Dort sah er eine Gruppe von Insassen, die sich um zwei

Männer versammelt hatten, die auf dem Boden rangen. Einer der Männer war Antonio, der offenbar in eine ernsthafte Auseinandersetzung verwickelt war.

Ohne weiter zu zögern, verließ Luke seine Zelle und eilte zum Ort des Geschehens. Sein Herz schlug heftig, als er sich durch die Menge drängte.

Als Undercover-Ermittler war es sein Job, Informationen zu sammeln, aber in diesem Moment war sein erster Instinkt, zu helfen und möglicherweise seine Position in Antonios Kreis zu stärken.

«Hey! Lasst das!», rief er, als er die Szene erreichte. Die anderen Insassen zögerten, aber Lukes entschlossenes Auftreten machte Eindruck. Er beugte sich zu Antonio hinunter, der mit dem Rücken auf dem Boden lag, und half ihm auf.

«Alles in Ordnung?», fragte Luke, während er Antonio stützte.

Der Mafiaboss nickte knapp, sein Gesicht angespannt vor Schmerz, aber seine Augen funkelten mit einer Mischung aus Überraschung und Berechnung.

«Danke», murmelte Antonio, sein Blick fest auf Luke gerichtet. «Du bist neu hier, oder? Ich werde das nicht vergessen.»

Die Situation beruhigte sich schnell, als die Wärter eintrafen, um die Ordnung wiederherzustellen. Luke nutzte die Gelegenheit, um sich diskret zurückzuziehen, sich der Risiken bewusst, die eine solche Aktion mit sich brachte. Er hatte möglicherweise Antonios Aufmerksamkeit und möglicherweise sein Vertrauen gewonnen, aber er hatte sich auch in das Licht der Wärter und anderer Insassen gerückt.

Als er zurück in seine Zelle ging, dachte Luke über die Ereignisse nach. Er hatte gehandelt, teilweise aus einem Gefühl der Gerechtigkeit, teilweise, um seine Mission voranzutreiben. Die kommenden Tage würden zeigen, ob seine Entscheidung klug gewesen war. In der Welt der verdeckten Ermittlungen konnte jede Handlung weitreichende Folgen haben, und Luke wusste, dass er nun noch vorsichtiger sein musste.

In der Zwischenzeit beobachtete Niklas die Szene aus der Ferne. Er hatte gesehen, wie Luke eingegriffen hatte, und sein Respekt für den jungen Mann wuchs. Doch gleichzeitig wusste er, dass er Luke im Auge behalten musste. In der komplexen Dynamik des Gefängnislebens konnte jede Handlung eine Kette von Ereignissen auslösen, deren Ende niemand vorhersehen konnte.

Kapitel 6

Nach dem Zwischenfall im Hof, bei dem Luke Antonio geholfen hatte, bemerkte Luke, dass sich die Art und Weise, wie Antonio ihn ansah, subtil verändert hatte. Statt ihn direkt in riskante kriminelle Aktivitäten zu drängen, schien Antonio eine andere Verwendung für Luke zu erkennen, eine, die dessen schärferen Verstand und Beobachtungsgabe nutzte.

Ein paar Tage später führte Antonio Luke beiseite, während sie im Freien arbeiteten, weit entfernt von den wachsamen Augen der Wärter.

«Du hast einen scharfen Blick, Luke», begann er, seine Stimme tief und ernst. «Ich brauche jemanden, der versteht, wie die Dinge hier laufen, jemanden, der mir sagen kann, wer uns unterstützt und wer ein Risiko darstellt.»

Luke spürte, wie seine Anspannung leicht nachließ.

«Ich werde sehen, was ich tun kann», antwortete er, bemüht, sein Interesse gedämpft zu halten.

«Gut», nickte Antonio. «Halte die Augen offen. Ich möchte wissen, was im Untergrund gesprochen wird, welche Deals ausgehandelt werden. Und Luke, das bleibt unter uns.»

In der nächsten Zeit nutzte Luke diese Gelegenheit, um seine Position innerhalb der Gefängnishierarchie zu festigen, ohne direkt in offensichtlich illegale Aktivitäten verwickelt zu sein. Er begann, die sozialen Dynamiken und Machtstrukturen genauer zu beobachten, sammelte Informationen über die Stimmungen und Loyalitäten der anderen Insassen. Diese Rolle erlaubte ihm, wertvolle Einblicke zu gewinnen und gleichzeitig eine Fassade aufrechtzuerhalten, die sein wahres Motiv verbarg.

Jedes Gespräch, jeder Austausch wurde für Luke zu einer Quelle der Information. Er lernte schnell, zwischen den Zeilen zu lesen, Motivationen und mögliche Konflikte zu erkennen. Dabei war er stets darauf bedacht, sein Wissen so zu nutzen, dass es seinen Ermittlungen diente, ohne dabei seinen Auftrag oder seine Sicherheit zu gefährden.

Nachts in seiner Zelle überdachte Luke seine Tage, plante sorgfältig seine nächsten Schritte. Die Doppelrolle als Insasse und Informant war ein komplexes Spiel, das viel Fingerspitzengefühl erforderte. Jede Information, die er Antonio lieferte, musste sorgfältig abgewogen werden, um nicht das Misstrauen des Mafiabosses zu wecken.

Durch diese vorsichtige Navigation stärkte Luke nicht nur seine Position bei Antonio, sondern behielt auch wichtige Kontrolle über sein unmittelbares Umfeld. Er war sich bewusst, dass jeder Fehler nicht nur seine Mission gefährden, sondern auch sein Leben kosten könnte.

In den Tagen nach dem Vorfall im Hof bemerkte Niklas eine bemerkenswerte Veränderung in Lukes Verhalten. Sein Selbstvertrauen schien gewachsen zu sein, und er interagierte nun häufiger und offener mit anderen Insassen. Diese Entwicklung weckte Niklas' Interesse – und seine Besorgnis.

Während einer der geplanten Zeiten, in denen Insassen Zugang zur Gefängnisbibliothek hatten, beobachtete Niklas, wie Luke sich zwischen den Bücherregalen bewegte. Er schien vertieft, doch sein Blick verriet eine tiefergehende Besorgnis, die über das hinausging, was die Seiten eines Buches bieten könnten. Niklas entschied, diesen Moment für ein Gespräch zu nutzen.

«Alles in Ordnung bei dir?», fragte Niklas, als er sich Luke näherte.

Er versuchte, seine Stimme entspannt klingen zu lassen, doch seine Augen suchten instinktiv nach Anzeichen von Unruhe oder Stress.

Luke sah auf, etwas überrascht, doch schnell fand er seine Fassung wieder.

«Ja, alles bestens. Manchmal braucht man einfach ein bisschen Ruhe, nicht wahr?», antwortete er mit einem leichten Lächeln.

Niklas setzte sich neben ihn.

«Das stimmt. Es kann hier ziemlich laut werden.» Er machte eine kurze Pause, überlegte, wie weit er gehen konnte. «Ich sehe, dass du dich gut eingelebt hast. Du sprichst oft mit den anderen Insassen.»

Luke zögerte einen Moment, dann nickte er.

«Ich versuche, das Beste aus meiner Situation zu machen», sagte er vorsichtig. «Es ist hilfreich, hier drinnen ein paar Freunde zu haben.»

Niklas spürte, wie seine professionelle Pflicht und seine persönliche Neugier miteinander rangen.

«Freunde können wirklich einen Unterschied machen. Aber pass auf, nicht jeder meint es gut hier drinnen.»

«Danke, Niklas. Ich schätze deine Sorge», antwortete Luke, ein Ausdruck von Dankbarkeit in seinen Augen.

Als Niklas die Bibliothek verließ, fühlte er sich zerrissen. Luke war ein Rätsel, das er lösen wollte, aber gleichzeitig musste er seine Rolle als Wärter wahren. Seine Pflichten waren klar, doch die menschliche Verbindung, die er zu Luke aufzubauen begann, warf Fragen auf, die seine professionelle Distanz herausforderten.

Kapitel 7

Mia, die Krankenschwester des Gefängnisses, hatte ihren eigenen Satz an Herausforderungen zu bewältigen. Ihre Arbeit ging weit über die medizinische Versorgung hinaus; sie war oft die erste Anlaufstelle für Insassen, die mit den psychischen Belastungen des Gefängnislebens kämpften. An diesem Tag war sie besonders beschäftigt, da ein kürzlicher Vorfall im Gefängnis mehrere Verletzte hinterlassen hatte.
Während sie einen jungen Insassen behandelte, der bei einer Auseinandersetzung verletzt worden war, trat Niklas in die Krankenstation. Er war besorgt, da er bei der Auseinandersetzung eingegriffen hatte und sehen wollte, wie es den Betroffenen ging.
«Wie sieht es aus, Mia?», fragte Niklas, während er neben ihr stand und auf

den jungen Mann blickte, der leise vor Schmerz stöhnte.

«Es ist nicht so schlimm, wie es hätte sein können», antwortete Mia, während sie die Wunde sorgfältig verband. «Aber es ist mehr als nur die physische Verletzung. Viele dieser Männer sind emotional am Ende. Sie brauchen mehr als nur Pflaster und Medizin.»

Niklas nickte, seine Miene ernst. «Ich verstehe. Es ist hart, sie so zu sehen. Manchmal fühle ich mich machtlos.»

Mia sah auf, ihre Augen trafen die seinen.

«Wir alle tun unser Bestes, Niklas. Aber es sind die kleinen Dinge, die zählen. Ein freundliches Wort, ein offenes Ohr. Es macht einen Unterschied.»

Nachdem der junge Mann versorgt war, begann Mia, Niklas über ihre Sorgen zu erzählen.

«Viele von ihnen kämpfen mit Depressionen, Angstzuständen. Es ist nicht nur die körperliche Gesundheit, die hier leidet. Ich wünschte, es gäbe mehr Unterstützung für ihre psychische Gesundheit.»

Niklas hörte aufmerksam zu, seine Gedanken bei Luke und den anderen Insassen, die ähnliche Herausforderungen erlebten.

«Vielleicht gibt es etwas, das wir tun können. Auch wenn es klein ist, vielleicht können wir einen Unterschied machen.»

«Das hoffe ich», sagte Mia, ein leichtes Lächeln umspielte ihre Lippen, trotz der Schwere des Themas. «Manchmal ist es genau das, was sie brauchen, um durch den Tag zu kommen.»

Als Niklas die Krankenstation verließ, dachte er über Mias Worte nach. Er fühlte eine erneuerte Entschlossenheit, den Insassen zu helfen, wo er konnte, und gleichzeitig über seine eigene Rolle nachzudenken, wie er effektiver als Wärter agieren konnte, der nicht nur die Ordnung aufrechterhält, sondern auch als eine Stütze für die Insassen dient.

Nach dem aufschlussreichen Gespräch mit Mia kam Niklas eine Idee, die sowohl praktisch als auch therapeutisch wertvoll sein könnte. Er beschloss, ein Gartenprojekt im Gefängnishof zu initiieren, um den Insassen eine sinnvolle Beschäftigung zu bieten und ihnen die Möglichkeit zu geben, sich in einem positiven Rahmen zu engagieren.

Am nächsten Tag während der Hofzeit näherte sich Niklas Luke, der allein am Rand des Hofes stand und gedankenverloren das karge Umfeld betrachtete.

«Luke, ich plane, hier im Hof ein kleines Gartenprojekt zu starten», begann Niklas. «Ich denke, es könnte eine gute Gelegenheit für einige von euch sein, etwas Produktives zu tun und vielleicht sogar ein bisschen Normalität zu erleben. Würdest du mir helfen, das zu organisieren?»

Niklas hoffte, Luke durch das Projekt besser kennenzulernen. Auch wenn er nach wie vor vorsichtig sein wollte, suchte er immer wieder die Nähe des charmanten Insassen.

Luke, sichtlich interessiert, drehte sich zu Niklas um und sein Gesicht hellte sich auf.

«Das klingt wirklich gut», antwortete er mit einem ehrlichen Lächeln. «Ich kenne mich zwar nicht gut mit Gartenarbeit aus, aber ich bin bereit, zu lernen und mitzuhelfen, wo es geht.»

«Perfekt», sagte Niklas, erfreut über Lukes Begeisterung. «Ich kümmere mich um die notwendigen Genehmigungen und Materialien. Deine Aufgabe wäre es, ein Team zusammenzustellen. Vielleicht findest du ein paar Leute, die bereits Erfahrung haben oder einfach nur interessiert sind.»

Für Luke bot das Gartenprojekt nicht nur eine willkommene Abwechslung zum monotonen Gefängnisalltag, sondern auch eine strategische Gelegenheit. Es war die perfekte Plattform, um mehr über seine Mitinsassen zu erfahren und Antonio näherzukommen, indem er sorgfältig beobachtete, wer sich wie einbrachte und wie die Wärter auf das Projekt reagierten. Ganz davon abgesehen konnte er Zeit mit Niklas verbringen, worauf er sich wirklich freute.

Während der nächsten Tage half Luke nicht nur bei der Planung und Umsetzung des Gartens, sondern nutzte die Gelegenheit auch, um subtil Informationen zu sammeln. Er achtete darauf, wer sich besonders engagierte, wer Führungsqualitäten zeigte und wie die Gruppendynamik sich entwickelte. Diese Beobachtungen waren wertvoll, sowohl für seine eigene Positionierung innerhalb der Insassen als auch für seine verdeckten Ermittlungen.

Die Arbeit im Garten bot auch Momente der Ruhe und des offeneren

Austauschs mit Niklas, während sie zusammen Pflanzen einsetzten und die Beete pflegten. Diese ungewöhnlich kooperative und positive Tätigkeit ermöglichte es Luke und Niklas, einander auf einer anderen, menschlicheren Ebene kennenzulernen.

Während sie in den sanft humusreichen Beeten des Gefängnisgartens arbeiteten, bot sich Luke und Niklas die seltene Gelegenheit, abseits der sonst üblichen strengen Überwachung und Routine des Gefängnisalltags, persönlichere Gespräche zu führen. Sie knieten nebeneinander, während sie sorgfältig neue Setzlinge pflanzten, gelegentlich unterbrochen durch die notwendigen Anweisungen oder Kommentare anderer in der Nähe arbeitender Insassen und Wärter.

«Weißt du, vielleicht bin ich nicht der typische Inhaftierte, den man hier erwarten würde», begann Luke zögerlich, während er eine junge Pflanze in die Erde setzte.

Er warf einen kurzen Blick auf einen vorbeigehenden Wärter, bevor er leise fortfuhr. «Ich bin wegen eines Raubüberfalls hier… aber in Wirklichkeit habe ich nur jemandem geholfen. Das sollten die harten Kerle hier jedoch vielleicht nicht unbedingt mitbekommen.»

Niklas schaute kurz auf, seine Hände voller Erde, und nickte langsam.

«Das ist ziemlich nobel von dir, in einer solchen Situation jemandem zu helfen. Es zeigt, wer du wirklich bist, Luke.» Er lächelte leicht, was Luke dazu brachte, trotz der schwierigen Umstände zu grinsen.

«Und du? Was hat dich dazu gebracht, Wärter zu werden?», fragte Luke, neugierig, während er vorsichtig Erde um eine andere Pflanze drückte.

Niklas seufzte leise, eine Spur von Melancholie in seinem Blick.

«Mein Onkel war in kriminelle Aktivitäten verwickelt... ziemlich tief sogar. Das hat mich schon früh geprägt. Ich wollte zur Polizei, um anders zu sein, um vielleicht einen Unterschied zu machen. Letztendlich bin ich Wärter geworden, was nicht genau das ist, was ich mir vorgestellt hatte, aber es ist in Ordnung.»

«Es klingt, als hättest du wirklich versucht, aus dem Schatten deiner Familie herauszutreten», bemerkte Luke, während er eine Schaufel weiterreichte.

Niklas nahm sie entgegen, ihre Finger berührten sich kurz. Er fühlte einen leichten Stromschlag und sein Magen zog sich in einem angenehmen Kribbeln zusammen.

«Ja, das habe ich. Manchmal frage ich mich, ob ich weit genug gegangen bin, aber dann erinnere ich mich daran, dass jede kleine Veränderung zählt.» Er sah Luke direkt an, Dankbarkeit für das Verständnis in seinem Blick.

Die Arbeit im Garten setzte sich fort, und während sie gemeinsam die Erde bearbeiteten, keimten auch die Samen einer tieferen Verbindung zwischen ihnen. Ihre Gespräche, gepaart mit der ruhigen Natur des Gartens, ließen sie einander in einem Licht sehen, das weit über die Mauern und Gitter hinausreichte, die sie umgaben.

Als die ersten Pflanzen zu wachsen begannen und der Garten Form annahm, fühlten sich beide Männer auf unterschiedliche Weise belohnt. Für Luke war es eine Möglichkeit, sichtbar etwas Positives zu schaffen und gleichzeitig seine verdeckten Ziele weiterzuverfolgen. Für Niklas war es ein erfüllender Beweis dafür, dass selbst kleine Veränderungen im Gefängnisalltag einen bedeutenden Unterschied im Leben der Insassen machen konnten.

Kapitel 8

Luke hatte sich in den letzten Wochen geschickt in die inneren Kreise von Antonios Netzwerk eingefädelt. Seine sorgfältig kultivierte Fassade des vertrauenswürdigen Insassen trug Früchte, und er fand sich immer häufiger in vertraulichen Gesprächen und Planungen wieder, die weit über banale Gefängnisangelegenheiten hinausgingen. Doch mit jeder Information, die er sammelte, wuchs auch das Risiko, entdeckt zu werden.

Eines Tages erhielt Luke die Erlaubnis, das Gefängnistelefon zu benutzen. Es war eine sorgfältig geplante Aktion, denn jedes Wort am Telefon konnte abgehört werden. Er wählte die Nummer, die seinem «Vater» zugeordnet war, in Wirklichkeit jedoch Kommissar Weinert erreichte, der ihn undercover ins Gefängnis geschickt hatte.

«Hallo, Papa, ich wollte nur kurz sagen, dass es mir gut geht. Ich habe hier ein paar Freunde gefunden, also musst du dir keine Sorgen machen», sagte Luke mit betonter Gelassenheit.

Dieser Satz war der vereinbarte Code, um zu signalisieren, dass er kurz davor stand, entscheidende Informationen über Antonio zu sammeln.

Am anderen Ende der Leitung antwortete Kommissar Weinert mit gespielter väterlicher Fürsorge: «Das ist schön zu hören, mein Junge. Pass nur auf dich auf und melde dich, wenn du etwas brauchst.»

Nach dem Telefonat fühlte Luke eine Mischung aus Erleichterung und Druck. Er war nun näher an Antonio herangekommen als je zuvor, und die nächsten Schritte würden entscheidend sein.

Zurück in der Gefängnisrealität suchte Luke nach Möglichkeiten, die gewonnenen Informationen sicher an seine Kontakte weiterzugeben, ohne Verdacht zu erregen. Seine Rolle als Vertrauter bot ihm zwar einen privilegierten Einblick in Antonios Pläne, setzte ihn jedoch auch einem enormen Risiko aus.

Während der nächsten Tage verfeinerte Luke seine Taktiken, sammelte weiterhin Informationen und beobachtete genau die Dynamik innerhalb der Gruppe. Jedes Fragment von Antonios Kommunikation, jede angedeutete Absicht konnte der Schlüssel sein, um den Mafiaboss und seine Pläne zu durchkreuzen.

Diese tiefere Einbindung gab Luke zwar das Gefühl, voranzukommen, doch sie brachte auch die ständige Angst mit sich, enttarnt zu werden. Jeder Tag im Gefängnis war ein Tanz auf dem Drahtseil, bei dem der kleinste Fehltritt das Ende seiner Mission bedeuten könnte.

Während Luke tiefer in die Strukturen von Antonios Netzwerk eingebunden wurde, beobachtete Niklas die Entwicklungen mit einer Mischung aus Sorge und Misstrauen. Er hatte Luke als ruhigen und überlegten Insassen kennengelernt, der sich von den üblichen Gefängnisaktivitäten fernhielt. Doch seit Kurzem sah Niklas, wie Luke zunehmend Kontakt zu einigen der einflussreichsten und gefährlichsten Insassen suchte.

Niklas war sich seiner Rolle als Wärter bewusst und wusste, dass es seine Aufgabe war, für Sicherheit und Ordnung zu sorgen. Aber die offensichtliche Veränderung in Lukes Verhalten und dessen neue Verbindungen weckten einen Verdacht, der ihn nicht mehr losließ.

Hatte er sich in Luke geirrt?

War dieser Mann, dem er auf gewisse Weise vertraut und den er in Schutz genommen hatte, in Wahrheit eine Bedrohung für das Gefängnis?

An einem Nachmittag, nachdem er Luke wieder mit Antonio und dessen engen Vertrauten hatte sprechen sehen, entschied sich Niklas, mehr über Lukes Hintergrund herauszufinden. Er nutzte seine Zugänge zu den Gefängnisakten und begann, diskret Nachforschungen anzustellen.

Die Informationen, die er fand, waren allerdings spärlich und nichtssagend. Lukes Akte war auffallend dünn – kaum mehr als die Angaben zu seiner Verurteilung und ein paar allgemeine Notizen. Es fehlten die üblichen detaillierten Berichte über Verhalten und Vorleben, die Niklas von anderen Insassen kannte.

Verwirrt und zunehmend beunruhigt, beschloss Niklas, ein Auge auf Luke zu halten. Er konnte nicht zulassen, dass seine persönlichen Gefühle seine Urteilsfähigkeit trübten. Die Sicherheit des Gefängnisses und das Wohl aller Insassen standen auf dem Spiel. Er begann, Lukes Bewegungen genauer zu verfolgen, ohne dabei offensichtlich zu intervenieren. Jedes Gespräch, jede kleine Interaktion wurde von Niklas beobachtet, der versuchte, das Puzzle zusammenzusetzen.

Die daraus resultierende Anspannung war nicht nur für Niklas spürbar, sondern auch für Mia, die oft mit ihm über die Insassen und deren Probleme sprach. Sie bemerkte die Veränderung in Niklas' Verhalten und seine zunehmende Besessenheit, mehr über Luke herauszufinden. Eines Nachmittags, als sie zusammen Kaffee tranken, sprach sie das Thema vorsichtig an.

«Niklas, du scheinst in letzter Zeit sehr angespannt zu sein. Ist alles in Ordnung?», fragte sie, ihr Blick von echter Sorge geprägt.

Niklas zögerte, dann seufzte er.

«Ich bin mir nicht sicher. Es geht um Luke… ich frage mich, ob er wirklich der ist, der er vorgibt zu sein.»
Mia nickte, legte ihre Hand beruhigend auf seine.
«Manchmal sehen wir nur das, was wir sehen wollen. Aber denk dran, wir sind hier, um zu helfen, nicht um zu richten.»
Niklas wusste, dass Mia recht hatte.
Er musste vorsichtig sein, seine professionelle Integrität wahren und gleichzeitig wachsam bleiben. Das Gleichgewicht zu finden, war die tägliche Herausforderung eines jeden Wärters.
Während Niklas mit seinen Zweifeln und dem wachsenden Verdacht rang, setzte Luke seine Tätigkeiten innerhalb von Antonios Netzwerk fort. Die Informationen, die er sammelte, wurden zunehmend brisanter, und eines Tages stolperte er über ein Geheimnis, das das gesamte Gefängnis in Gefahr bringen könnte.

Antonio hatte ihn nach und nach in seine Pläne eingeweiht, vertraute ihm immer mehr Details an. Es war während eines scheinbar harmlosen Gesprächs im Hof, dass Antonio offenbarte, was er wirklich vorhatte: einen Aufstand zu organisieren, der in einer massiven Fluchtaktion gipfeln sollte.

Dies war der Moment, auf den Luke unbewusst gewartet hatte, aber die Tragweite der Information war erschreckend.

«Wir sind fast so weit», flüsterte Antonio, während sie abseits der üblichen Pfade des Gefängnishofs standen. «Bald wird alles bereit sein. Dies wird nicht nur ein Aufstand, es wird eine Befreiung für viele von uns.»

Luke spürte, wie sein Herz schneller schlug. Dies war eine entscheidende Information, aber auch eine, die ihn in große Gefahr brachte. Wenn Antonio auch nur den leisesten Verdacht schöpfte, dass Luke nicht vollständig auf seiner Seite stand, könnte das fatal enden.

Nach dem Gespräch zog sich Luke zurück und überlegte, wie er diese Informationen sicher an seine Kontaktperson weitergeben konnte. Jede Kommunikation aus dem Gefängnis wurde streng überwacht, und die üblichen Kanäle waren zu riskant. Er musste kreativ werden, um sicherzustellen, dass die Information die richtigen Ohren erreichte, ohne seine Deckung aufzugeben.

Am selben Abend, als er in seiner Zelle saß und über sein nächstes Vorgehen nachdachte, wurde ihm klar, dass er eine Entscheidung treffen musste. Sollte er versuchen, weitere Details zu sammeln, um den Plan vollständig zu verstehen, oder war es sicherer, sofort zu handeln? Jeder weitere Tag, den er wartete, erhöhte das Risiko einer Entdeckung.

Schließlich entschied sich Luke, noch ein paar Tage abzuwarten, um zusätzliche Informationen zu sammeln und sicherzustellen, dass die von ihm weitergegebenen Details ausreichen würden, um den Aufstand zu verhindern.

Kapitel 9

Eines Abends, als der Hof von den meisten Insassen und Wärtern verlassen war, führte Antonio Luke in eine abgelegene Ecke, um ungestört zu sein. Außer ihnen beiden war niemand mehr hier. Er muss Wärter bestochen haben, damit das möglich war.

«Du hast mir sehr geholfen, Luke. Ich sehe dich nicht nur als Teil dieses Plans, sondern auch persönlich», sagte Antonio, seine Stimme tiefer und persönlicher als üblich. Luke spürte, wie sich die Atmosphäre änderte, und sein Puls beschleunigte sich, als Antonio näher trat.

«Ich habe mehr als nur Vertrauen zu dir aufgebaut», fuhr Antonio fort, während er versuchte, Luke näher zu ziehen.

Luke versuchte, ihm auszuweichen.

Die Situation eskalierte schnell, als Antonio, nicht gewohnt, zurückgewiesen zu werden, handgreiflich wurde.

Er packte Luke am Arm und drängte ihn gegen die Mauer. «Denk nicht, dass du hier einfach so davonkommen kannst. Du gehörst mir.»

Luke versuchte, sich aus Antonios Griff zu befreien.

«Antonio, das geht zu weit», entgegnete er mit Nachdruck, die Anspannung in seiner Stimme nicht verbergend. Die körperliche Bedrohung ließ keine Zweifel offen; die Situation war ernst.

In diesem kritischen Moment trat Niklas in den Hof ein, alarmiert durch die offensichtliche Abwesenheit von Luke und die ungewöhnliche Stille. Als er die beiden in einer offensichtlich gefährlichen Konfrontation vorfand, handelte er sofort.

«Ist alles in Ordnung hier?», rief er, während er schnell auf die beiden zuging.

Antonios Griff lockerte sich kurz, und Luke nutzte die Gelegenheit, um sich zu befreien. Antonio, irritiert über die Unterbrechung, fixierte Niklas mit einem durchdringenden Blick.

«Wir klären nur einige Dinge. Nichts, worum du dich kümmern musst», knurrte er, bevor er sich ohne weiteres Wort zurückzog.

Niklas blieb bei Luke.

«Luke, wenn du Probleme hast, kannst du mir vertrauen. Es ist mein Job, dafür zu sorgen, dass hier jeder sicher ist», sagte er ernst.

Luke nickte, immer noch den Atem anhaltend von der Konfrontation.

«Danke, Niklas. Ich... ich fühle mich nicht so gut. Kannst du mich zum Krankenzimmer begleiten, bitte?»

Niklas blickte ihn besorgt an.

«Natürlich, lass uns gehen.»

Sie zogen sich schnell ins Krankenzimmer zurück. Die schwere Tür
schloss sich hinter ihnen mit einem
dumpfen Geräusch, das den Raum vor
der Unruhe draußen abschirmte.

Luke atmete tief durch, den Rücken
gegen die kühle Wand gelehnt, und
spürte, wie die Anspannung langsam
aus ihm wich.

Mia sah ihn besorgt an, während sie
eine Schublade mit medizinischen Ver-
sorgungsmaterialien schloss.

«Luke, du siehst aus, als könntest du
ein wenig Erste Hilfe gebrauchen»,
bemerkte sie mit einem schwachen
Lächeln, das die Schwere der Situation
kaum verbarg.

«Ich bin in Ordnung», erwiderte Luke
schnell, dann seufzte er. «Aber ich
denke, es ist an der Zeit, dass ich euch
die ganze Wahrheit erzähle.»

Niklas und Mia setzten sich zu ihm,
ihre Blicke erwartungsvoll und ernst.

Luke begann zu erzählen, seine Worte sorgfältig wählend.

«Ich bin nicht nur ein gewöhnlicher Insasse. Ich wurde von der Polizei hier eingeschleust, um Informationen über Antonio zu sammeln. Er plant einen Aufstand, um aus dem Gefängnis zu fliehen.»

Die Offenbarung traf Niklas und Mia wie ein Schlag. Mia presste ihre Lippen zusammen, während Niklas die Stirn runzelte.

«Warum hast du uns das nicht früher gesagt?», fragte Niklas, seine Stimme von einem Unterton des Verrats durchdrungen.

Luke sah ihn direkt an.

«Weil es meine Mission gefährden könnte. Aber nach dem, was heute passiert ist, denke ich nicht, dass ich noch weitere Informationen von Antonio erhalten werde. Er vertraut mir bestimmt nicht mehr wie zuvor.»

Mia stand auf, ging zu einem Schrank und holte eine Flasche Wasser.

«Was jetzt?», fragte sie, als sie zurückkam und Luke die Flasche reichte.

«Wir müssen Kommissar Weinert kontaktieren», sagte Luke, nahm einen tiefen Schluck und setzte sich aufrecht hin. «Er leitet die Operation. Wir brauchen seine Anweisungen, wie wir weiter vorgehen sollen. Direktor Fischer weiß auch Bescheid. Falls er vor Ort ist, kann er bestimmt auch helfen.»

Niklas nickte langsam, die Falten auf seiner Stirn tiefer werdend.

«Okay, Luke. Wir helfen dir gern. Sag uns, was zu tun ist.»

Er zweifelte keine Sekunde daran, dass Luke die Wahrheit sagte. Im Gegenteil, jetzt ergab das alles einen Sinn.

Luke schenkte ihm ein dankbares Lächeln, beruhigt durch die Unterstützung, die er trotz der späten Offenbarung erhielt.

Das Krankenzimmer war häufig leer und bot ihnen die notwendige Privatsphäre, um ihre nächsten Schritte zu planen.

«Wir müssen herausfinden, wie wir sicher mit Kommissar Weinert Kontakt aufnehmen können, ohne dass Antonio oder seine Leute davon Wind bekommen», begann Luke. «Jede Kommunikation könnte überwacht werden, und jetzt, da Antonio nicht mehr gut auf mich zu sprechen ist, ist das Risiko noch größer.»

Niklas, der die Gefängniskommunikation gut kannte, nickte bedächtig.

«Es gibt einige alte, kaum genutzte Kanäle, die wir vielleicht nutzen könnten. Ich muss aber erst sicherstellen, dass sie nicht überwacht werden. Wenn wir direkt zum Direktor gehen, ist es vielleicht zu auffällig. Es müssen ja irgendwelche Wärter zu Antonios Team gehören, wenn ein Aufstand geplant ist.

Ohne Mitarbeiter des Gefängnisses können sie das nicht durchziehen.»

Mia sah sich um und senkte ihre Stimme.

«Was ist mit einer Rückkehr in die Zelle, Luke? Ist es sicher für dich?»

Luke schüttelte den Kopf.

«Zurück in die Zelle zu gehen wäre zu riskant. Antonio könnte versuchen, mich aus dem Weg zu räumen oder sich mit Gewalt zu nehmen, was er will, bevor irgendjemand eingreifen kann. Ich hatte Glück, dass er sich mir alleine genähert hat. Er hat so viele Anhänger, die stellen sich doch mit Vergnügen um uns herum, um das Ganze abzuschirmen.» Die Vorstellung davon, dass Antonio Erfolg haben könnte, ließ ihn erschaudern.

Niklas, der das sah, legte ihm sanft seine Hand auf den Rücken, um ihn zu beruhigen.

Luke blickte auf und sie lächelten einander an.

Da unterbrach das plötzliche Krachen von Niklas' Funkgerät ihre Überlegungen.

Niklas griff schnell danach, seine Augen weiteten sich, als er die Nachricht hörte.

«Es geht los», sagte er mit ernster Stimme. «Der Aufstand hat begonnen. Wir müssen jetzt handeln.»

Die drei tauschten besorgte Blicke aus. Die Zeit für strategische Planungen war vorbei, jetzt mussten sie schnell und entschlossen handeln, um die Situation zu kontrollieren und sich selbst zu schützen.

Ihre vorherige Diskussion über Kommunikationswege und Sicherheitsmaßnahmen rückte in den Hintergrund, als sie sich darauf vorbereiteten, direkt auf die neue, unmittelbare Bedrohung zu reagieren.

Kapitel 10

Als das Knacken von Niklas' Funkgerät die drohende Nachricht überbrachte, ergriffen Luke, Mia und Niklas hastig Maßnahmen, um sich in Sicherheit zu bringen. Niklas, der die Lage schnell einschätzte, schlug vor, sich zum Sicherheitsraum zu begeben, um Zugriff auf die Überwachungskameras zu erhalten. Doch kaum hatten sie das Krankenzimmer verlassen, wurden sie von der Realität des Ausmaßes des Aufstands eingeholt.

Die Korridore des Gefängnisses waren bereits von Chaos erfüllt. Alarme heulten, Insassen rannten durch die Gänge, und über das Funkgerät hörten sie, wie einige Wärter, die offenbar von Antonio bestochen worden waren, aktiv die Insassen unterstützten.

«Der Westflügel ist kompromittiert, wir haben Kontrolle übernommen», hörten sie eine Stimme über das Funkgerät sagen, eine Bestätigung, dass Teile des Gefängnisses bereits unter der Kontrolle der Aufständischen standen.

«Zum Sicherheitsraum zu kommen, wird zu gefährlich sein», stellte Niklas fest, als er sah, wie eine Gruppe bewaffneter Insassen einen nahen Gang sperrte. «Wir müssen einen anderen Weg finden, um uns zu schützen und gleichzeitig zu versuchen, die Situation irgendwie zu stabilisieren.»

Mia, die sichtlich besorgt war, aber dennoch entschlossen, schlug vor, sich in einen der Nebenräume zurückzuziehen, um dort ihren nächsten Schritt zu planen.

«Wir können hier nicht viel ausrichten, ohne zu wissen, was genau vor sich geht. Lasst uns zumindest versuchen, irgendwohin zu kommen, wo wir sicher sprechen können. Das Krankenzimmer wird bestimmt schnell von den Aufständischen übernommen.»

Sie fanden Zuflucht in einem leerstehenden Wartungsraum, der etwas abseits der Hauptkorridore lag. Luke, der sich der Dringlichkeit der Lage bewusst war, versuchte, das Funkgerät zu nutzen, um Verstärkung zu rufen, doch der Funkkontakt war sporadisch und unzuverlässig.

«Es ist schwer zu sagen, wer auf unserer Seite ist», murmelte er frustriert.

«Wir müssen klug handeln», sagte Niklas und blickte auf die verschlossene Tür. «Unsere Priorität muss es sein, uns und die anderen nicht kompromittierten Wärter zu schützen. Wir können von hier aus versuchen, den anderen zu helfen, indem wir über das interne Telefonnetz kommunizieren.»

Mia nickte.

«Ich werde sehen, was ich von hier aus medizinisch vorbereiten kann. Wenn es zu Verletzungen kommt, müssen wir bereit sein.»

Gefangen im Wartungsraum, umgeben von den Geräuschen des Chaos, das außerhalb der Wände wütete, machten sich Luke, Niklas und Mia auf den gefährlichen Versuch vorbereitet, den Gefängnisdirektor zu finden.

Sie hofften, dass er irgendwie die Ordnung wiederherstellen könnte, sollten sie ihn aus den Fängen der Aufständischen befreien können.

«Der Direktor könnte in seinem Büro eingeschlossen sein, oder schlimmer, sie haben ihn irgendwo isoliert», spekulierte Niklas, während er seine Taschenlampe überprüfte und sicherstellte, dass sein Schlagstock griffbereit war.

Mia nahm den kleinen Rucksack mit Verbänden und Medizin, den sie zuvor gepackt hatte.

«Ich bringe das hier mit, falls wir unterwegs Verletzte finden. Egal, was passiert, wir müssen versuchen, zu helfen.»

Luke, der sich die Karte des Gefängnisses ins Gedächtnis rief, nickte
zustimmend.

«Wir sollten versuchen, über die War-
tungsgänge zu gehen. Sie sind weniger
wahrscheinlich überwacht oder von
Insassen frequentiert.»

Sie verließen den Raum vorsichtig und
bewegten sich leise durch die dunklen,
verwinkelten Gänge des Gefängnisses.
Über Niklas' tragbares Funkgerät
hörten sie, wie die Aufständischen sich
koordinierten. Es war klar, dass einige
der Wärter, die mit Antonio kollabo-
rierten, strategische Positionen innerhalb des Gefängnisses eingenommen
hatten.

Als sie sich dem Direktorenbüro näherten, wurde die Luft dicker mit Rauch
von einem kleinen Feuer, das in einem
der nahegelegenen Gänge gelegt
worden war. Niklas zog sein Tuch über
Mund und Nase.

«Vorsichtig, es könnte hier gefährlich werden.»

Sie erreichten das Büro, nur um festzustellen, dass es verlassen und durchwühlt war. Keine Spur vom Direktor.

«Verdammt», flüsterte Luke. «Wir sind zu spät. Sie haben ihn schon woanders hingebracht.»

In diesem Moment hörten sie Schritte nähern. Schnell zogen sie sich in einen Nebenraum zurück und lauschten. Durch einen Spalt in der Tür beobachteten sie, wie eine Gruppe bewaffneter Insassen vorbeizog, offenbar auf der Suche nach weiteren Gefangenen oder vielleicht sogar nach ihnen.

«Was jetzt?», flüsterte Mia angstvoll.

Luke blickte zu Niklas, der nachdenklich die Lage einschätzte.

«Wir folgen ihnen. Sie führen uns vielleicht zum Direktor. Es ist ein Risiko, aber es könnte unsere einzige Chance sein, ihn zu finden und diese Situation unter Kontrolle zu bringen.»

Kapitel 11

Nachdem Luke, Niklas und Mia das verwüstete Büro des Direktors verlassen hatten, ohne eine Spur von ihm zu finden, entschieden sie sich, die Gruppe bewaffneter Insassen zu verfolgen, die sie kurz zuvor gesichtet hatten. Sie hofften, dass diese sie zum Gefängnisdirektor führen würden, der möglicherweise gefangen gehalten wurde.

Mit äußerster Vorsicht bewegten sie sich durch die dunkleren und weniger überwachten Teile des Gefängnisses, um nicht entdeckt zu werden. Sie waren natürlich immer noch dem Risiko ausgesetzt, dass jemand die Kameraüberwachung übernahm, doch sie hofften, dass das Chaos groß genug war, damit sie nicht bemerkt wurden.

Das Echo ihrer Schritte vermischte sich mit dem fernen Lärm des Aufstands, der durch die Gänge hallte.

Jedes Knacken und Rascheln ließ sie innehalten und lauschen, bereit, sich im Schatten zu verbergen oder zu fliehen, falls die Situation es erforderte. Mia, die eine kleine Taschenlampe dabei hatte, leuchtete nur sporadisch den Weg aus, um nicht ihre Position preiszugeben.

Sie folgten den Spuren und Geräuschen der Insassen bis zu einem schwer gesicherten Bereich, der durch eine massive Stahltür abgeriegelt war.

Niklas, der an der Spitze der Gruppe ging, flüsterte: «Hier müssen wir vorsichtig sein. Wenn sie den Direktor irgendwo festhalten, könnte es hier sein.»

Luke nickte zustimmend und zog vorsichtig seine improvisierte Waffe, einen robusten Schraubenschlüssel, den er in der Wartungskammer gefunden hatte.

«Lass uns versuchen, einen anderen Weg hinein zu finden. Vielleicht gibt es einen Servicetunnel oder eine andere Route, die weniger bewacht wird.»

Mit Mias Hilfe und ihrer Kenntnis der Gefängnisarchitektur fanden sie tatsächlich eine kleine Wartungstür, die nicht verriegelt war. Sie schlichen sich durch und fanden sich in einem engen, schlecht beleuchteten Gang wieder, der parallel zum Hauptkorridor verlief. Der Gang war staubig und roch nach veraltetem Metall, doch er bot ihnen die Deckung, die sie benötigten.

Als sie weitergingen, hörten sie Stimmen und das Geräusch von Menschen, die sich in einem der angrenzenden Räume aufhielten. Luke machte eine kurze Handbewegung, und sie pressten sich gegen die kalte Wand, lauschten und versuchten, jedes Wort aufzufangen.

«Wir sollten ihn hierbehalten, bis alles vorbei ist», sagte eine raue Stimme von der anderen Seite der Tür. «Der Boss sagte, er will sicherstellen, dass der Direktor nichts unternehmen kann, um uns zu stoppen.»

Das war die Bestätigung, die sie brauchten. Sie waren am richtigen Ort.

Mit einem Blickaustausch bestätigten sie ihren Plan, die Tür zu öffnen und den Raum zu stürmen, bereit, den Direktor zu befreien und ihn aus dieser gefährlichen Lage zu retten. Luke zählte leise bis drei, dann drückten sie die Tür auf und traten ein.

Als Luke die Tür aufstieß, stürmten sie gemeinsam in den Raum. Die Wachen, die den Gefängnisdirektor bewachten, waren von der Entschlossenheit und dem überraschenden Erscheinen des Trios vollkommen überrumpelt. Niklas agierte schnell und zielstrebig, nutzte seine Fähigkeiten als Wärter, um einen der Aufständischen zu Boden zu bringen.

Sein Blick traf kurz den von Luke, ein stummes Zeichen der Anerkennung und des stillen Einverständnisses zwischen ihnen, das in der Hitze des Augenblicks noch bedeutungsvoller wurde.

Mia, nicht weit dahinter, nutzte ihre robuste Taschenlampe, um die zweite Wache zu neutralisieren, ihre Bewegungen effizient und entschlossen. Die schnelle Reaktion und das nahtlose Zusammenspiel des Teams ließen keine Zweifel an ihrer Entschlossenheit und ihrem Mut aufkommen.

In der Zwischenzeit kümmerte sich Luke um den gefesselten Direktor. Mit schnellen, geübten Bewegungen löste er die Fesseln. «Sie sind in Sicherheit», versicherte er, während er dem Direktor aufhalf. Die Erleichterung in den Augen des Direktors spiegelte die Anspannung und die Dringlichkeit der Situation wider.

«Danke. Ich wusste, dass Hilfe kommen würde. Wir müssen die Kontrolle zurückerlangen, und zwar schnell», sagte der Direktor, seine Stimme fest, trotz des erlebten Traumas.

Sobald der Direktor frei war, organisierten sie einen geordneten Rückzug. Niklas, der die Führung übernahm, warf Luke einen weiteren Blick zu, diesmal einen von tiefer Bewunderung für Lukes Fähigkeit, unter Druck ruhig zu bleiben. Ihre Blicke teilten eine stille Botschaft des gegenseitigen Respekts und der aufkeimenden Gefühle, die selbst inmitten des Chaos nicht verborgen blieben.

Sie navigierten durch die verwinkelten Korridore des Gefängnisses, immer bedacht darauf, den Aufständischen auszuweichen.

«Wir müssen zum Sicherheitskontrollraum. Dort können wir die Zugangssysteme und Überwachungskameras kontrollieren», erklärte der Direktor, während sie zügig voranschritten.

Die Korridore hallten wider von den Geräuschen des Aufruhrs, doch ihre gemeinsame Entschlossenheit, das Gefängnis wieder unter Kontrolle zu bringen, ließ sie unbeirrt vorangehen.

Mit dem Direktor in ihrer Mitte, beschleunigten Luke, Niklas und Mia ihr Tempo, während sie sich dem Sicherheitskontrollraum näherten. Der Lärm des Aufstands schwoll weiter an, ein bedrohliches Crescendo, das den Ernst ihrer Lage unterstrich. Der Direktor führte sie durch weniger bekannte Routen, um größere Konfrontationen zu vermeiden, doch die Spannung in der Gruppe blieb greifbar.

«Sobald wir im Kontrollraum sind, können wir die Sicherheitstüren aktivieren und den Aufständischen ihre Fluchtrouten abschneiden», erklärte der Direktor, während sie hastig um eine Ecke bogen.

Als sie sich dem Kontrollraum näherten, hörten sie Kampfgeräusche von vorne. Niklas signalisierte sofort Stopp und drückte die Gruppe an die Wand. Mit einem vorsichtigen Blick um die Ecke sah er, dass eine Gruppe aufständischer Insassen versuchte, die Tür zum Kontrollraum zu durchbrechen.

«Wir müssen sie aufhalten, bevor sie eindringen», flüsterte er.

Mia, die ihre medizinische Tasche festhielt, nickte verständnisvoll, während Luke seine Haltung festigte, den Schraubenschlüssel griffbereit. Die Entschlossenheit in seinen Augen spiegelte die Dringlichkeit ihrer Mission wider. Nach einem kurzen, bestätigenden Nicken von Niklas sprangen sie hervor, entschlossen, die Kontrolle zurückzugewinnen.

Der Zusammenstoß war heftig und unmittelbar. Niklas und Luke arbeiteten präzise zusammen, nutzten ihre Umgebung und die Überraschung zu ihrem Vorteil. Mia, obwohl weniger erfahren im Kampf, war unerschütterlich darin, ihre Begleiter zu unterstützen und nach Verletzten zu sehen, die in die Auseinandersetzung verwickelt waren.

Nach einem intensiven Schlagabtausch gelang es ihnen, die Angreifer zurückzudrängen und die Kontrolle über den Eingang des Kontrollraums zu sichern. Luke, der einen letzten prüfenden Blick auf die überwundenen Aufständischen warf, drehte sich zu Niklas. «Gut gemacht», sagte er, seine Stimme heiser vom Adrenalin. Niklas erwiderte das Lächeln, seine Wertschätzung für Lukes Fähigkeiten und seinen Mut noch mehr vertieft durch die gemeinsam durchlebten Gefahren.

Schnell verschlossen sie die Tür und sicherten den Raum, während der Direktor sich an die Konsole setzte, um die Kontrollsysteme zu aktivieren.

«Ich werde die Türen jetzt verriegeln und die Überwachungskameras überprüfen», erklärte er, während seine Finger über die Tastatur flogen.

Während der Direktor arbeitete, teilte Mia Wasserflaschen aus und überprüfte ihre medizinischen Vorräte, falls weitere Behandlungen notwendig werden sollten. Luke und Niklas sicherten die Tür, wachsam gegenüber jedem Geräusch, das andeutete, dass der Kampf möglicherweise noch nicht vorbei war.

Kapitel 12

Im Sicherheitskontrollraum arbeitete der Gefängnisdirektor fieberhaft an den Konsolen, um die Zugangssysteme des Gefängnisses wieder unter Kontrolle zu bringen. Luke und Niklas, die den Eingang sicherten, tauschten Blicke voller Entschlossenheit aus, während sie das leise Klicken der Tastatur hinter sich hörten.

«Ich habe jetzt die Haupttüren und Zugangsschleusen gesichert», verkündete der Direktor, ohne den Blick von den Monitoren zu nehmen. «Jetzt schalte ich die internen Überwachungskameras zu, damit wir sehen können, was in den anderen Teilen des Gefängnisses vor sich geht.»

Auf den Bildschirmen erschienen Bilder aus verschiedenen Korridoren und Sektoren des Gefängnisses. In einigen Bereichen war die Lage noch immer chaotisch, mit kleinen Gruppen von aufständischen Insassen, die gegen die verbliebenen Sicherheitskräfte kämpften. In anderen Teilen des Gebäudes konnten sie sehen, wie Wärter und Sicherheitspersonal langsam die Oberhand gewannen.

«Gut, das gibt uns etwas Spielraum», murmelte Niklas und wandte sich an Luke. «Wir sollten jetzt vielleicht ein Team zusammenstellen, um die Bereiche zu sichern, die noch unter Kontrolle der Aufständischen stehen.»

Luke nickte zustimmend. «Ich bin dabei. Lasst uns diejenigen Wärter zusammenholen, denen wir vertrauen können, und systematisch vorgehen. Wir dürfen jetzt keinen Moment verlieren.»

Währenddessen versorgte Mia die wenigen verletzten Sicherheitskräfte, die sich in den Kontrollraum zurückgezogen hatten. Ihre ruhige und besonnene Art half, die Gemüter zu beruhigen, während sie routinemäßig Wunden behandelte und medizinische Anweisungen gab.

Nachdem die sofortigen medizinischen Bedürfnisse gedeckt waren, schloss sich Mia Luke und Niklas an.

«Alles in Ordnung hier. Ich helfe euch jetzt bei der Koordinierung. Wo soll ich anfangen?»

«Danke, Mia. Beginnen wir damit, den Westflügel zu sichern. Das ist das kritischste Gebiet, und wenn wir das schaffen, können wir von dort aus weitermachen», erklärte Niklas und zog einen Lageplan des Gefängnisses hervor.

Gemeinsam entwickelten sie einen schnellen Aktionsplan. Luke übernahm die Leitung des Teams, das sich zum Westflügel aufmachte, während Niklas im Kontrollraum blieb, um die Operationen zu überwachen und weitere Anweisungen zu geben.

Mia bereitete einen mobilen Erste-Hilfe-Koffer vor und entschied sich, Luke zu begleiten, um im Falle weiterer Verletzungen sofort eingreifen zu können.

Mit neuer Energie und einem klaren Plan bewegte sich die Gruppe zielstrebig vorwärts. Sie waren sich bewusst, dass jeder Schritt sie näher an die Wiederherstellung der Ordnung im Gefängnis brachte und möglicherweise das Leben vieler Unschuldiger rettete. Ihre gemeinsame Entschlossenheit verband sie, und sie wussten, dass sie aufeinander zählen konnten, um diese Krise zu überstehen.

Luke und Mia, begleitet von einem sorgfältig ausgewählten Team vertrauenswürdiger Wärter, machten sich auf den Weg, um den Ostflügel des Gefängnisses zurückzuerobern. Dieser Bereich war besonders kritisch, da er zu den ersten gehörte, die von den Aufständischen eingenommen wurden.

Die Gänge waren dunkel und unheilvoll still, als sie sich vorsichtig vorwärts bewegten, jeder Schatten könnte einen Hinterhalt verbergen.

Niklas, der aus dem Kontrollraum über Funk mit ihnen in Verbindung stand, gab präzise Anweisungen und Updates basierend auf den Überwachungskameras. «Ihr habt ungefähr fünf Insassen in der Nähe des Nordausgangs. Sie scheinen bewaffnet zu sein, also seid extrem vorsichtig», warnte er, seine Stimme angespannt über das Funkgerät.

Mia, die neben Luke herging, hielt ihren medizinischen Rucksack fest, bereit, bei Bedarf einzugreifen. Ihre Anwesenheit war nicht nur als medizinische Unterstützung entscheidend, sondern sie bot auch moralische Unterstützung für das Team.

Als sie sich dem angegebenen Bereich näherten, signalisierte Luke seinem Team, in Deckung zu gehen. Mit einem koordinierten Plan, der schnelle

Bewegungen und die Nutzung der Umgebung für taktische Vorteile vorsah, gelang es ihnen, die Aufständischen zu überraschen. Ein kurzer, aber intensiver Austausch folgte, wobei Luke und seine Teammitglieder ihre überlegenen Taktiken nutzten, um die Insassen zu überwältigen und zu entwaffnen.

Nachdem die Bedrohung neutralisiert war, sicherte das Team den Bereich und überprüfte jede Ecke auf weitere Gefahren. «Bereich gesichert», meldete Luke über Funk an Niklas, seine Stimme erleichtert, aber immer noch wachsam.

«Gut gemacht, Team», antwortete Niklas. «Setzt die Sicherung fort. Ich halte euch auf dem Laufenden über weitere Bewegungen.»

Während sie weiter vorrückten, um den Rest des Westflügels zu sichern, war das Team hochkonzentriert, bereit auf alles, was noch kommen mochte. Ihre

erfolgreiche Zurückeroberung des
ersten Bereichs stärkte ihren Mut und
ihre Entschlossenheit, den Aufstand
vollständig zu beenden.

Jeder Schritt, den sie machten, führte
sie näher an das Ziel, die Ordnung
wiederherzustellen und zu beweisen,
dass sie die Lage unter Kontrolle bringen konnten.

Nachdem Luke und sein Team erfolgreich den Westflügel gesichert hatten,
kehrte eine vorübergehende Ruhe ein,
die ihnen einen Moment zum Durch-
atmen gab. Doch dieser Frieden wurde
jäh unterbrochen, als Niklas über das
Funkgerät mit dringenden Neuigkeiten
an sie herantrat.

«Luke, wir haben ein Problem. Antonio
versucht, durch einen geheimen Tunnel
im Ostflügel zu fliehen. Die Überwachungskameras haben ihn und eine
kleine Gruppe seiner engsten Verbündeten erfasst. Ihr müsst dort so
schnell wie möglich hin.»

Ohne zu zögern, reorganisierte Luke sein Team für eine schnelle Verlegung zum Westflügel. Die Information über den Tunnel war alarmierend und ließ keinen Raum für Verzögerungen. Sie machten sich eilig auf den Weg, geleitet von Niklas' präzisen Anweisungen aus dem Kontrollraum.

Während sie durch das Gefängnis hasteten, spürte Luke die Schwere der Situation. Antonio zu stoppen, bevor er entkommen konnte, war entscheidend, nicht nur für die Sicherheit des Gefängnisses, sondern auch, um sicherzustellen, dass Gerechtigkeit herrschte.

«Wir können ihn nicht entkommen lassen», sagte Luke fest, während sie sich einem schwer bewachten Bereich näherten, der zum geheimen Ausgang führte.

Als sie den Eingang zum Tunnel erreichten, fanden sie ihn bewacht von einigen von Antonios loyalsten Anhängern. Ein heftiger Konflikt entbrannte, als Luke und sein Team versuchten, den Bereich zu stürmen. Trotz der Erschöpfung und der Übermacht ihrer Gegner kämpften sie mit einer Mischung aus Entschlossenheit und taktischer Klugheit.

Der Kampf war intensiv und fordernd, mit beiden Seiten, die nichts unversucht ließen. Luke, der an der Spitze kämpfte, nutzte jede Gelegenheit, um seine Gegner strategisch zu überwältigen. Schließlich gelang es ihnen, Antonios letzte Verteidigungslinie zu durchbrechen und den Zugang zum Tunnel zu sichern.

Dort fanden sie Antonio, der gerade dabei war, in die dunkle Öffnung des Tunnels zu verschwinden. Mit schnellen Schritten und entschlossenem Blick stellte Luke sich ihm in den Weg, unterstützt von Mia und den anderen Teammitgliedern, die sicherstellten, dass keine Fluchtmöglichkeit mehr bestand.

«Es ist vorbei, Antonio», sagte Luke atemlos, aber fest. «Du hast keine Chance mehr zu entkommen.»
Konfrontiert mit der unmissverständlichen Entschlossenheit des Teams und dem Verlust seiner Fluchtmöglichkeit, erkannte Antonio, dass sein letzter Ausweg versperrt war. Mit gesenktem Kopf und einem resignierten Seufzer ergab er sich schließlich, seine Flucht vereitelt durch die taktische Überlegenheit und den unerschütterlichen Willen von Luke und seinem Team.

Kapitel 13

Die Spannung im Raum war greifbar. Luke stand direkt vor Antonio, sein Blick fest und durchdringend. Die Anspannung löste sich langsam, als Antonio erkannte, dass er umstellt war und keine Chance mehr auf Flucht hatte.

«Du hast das Gefängnis und viele Leben in Gefahr gebracht, Antonio», sagte Luke mit einer Strenge in der Stimme, die seine Entschlossenheit unterstrich. «Es ist Zeit, die Konsequenzen zu tragen.»

Antonio, dessen Gesichtszüge von Frustration und Niederlage gezeichnet waren, schaute zu den bewaffneten Wärtern und dann wieder zu Luke.

«Du verstehst nicht, was es bedeutet, hier drinnen zu überleben», entgegnete er müde. «Aber ja, es scheint, als hätte ich verloren.»

In diesem Moment näherten sich weitere Sicherheitskräfte, alarmiert durch Niklas, der aus dem Kontrollraum die Lage koordinierte. Sie nahmen Antonio schnell in Gewahrsam, legten ihm Handschellen an und führten ihn ab, begleitet von den missbilligenden Blicken anderer Insassen, die Zeugen des Showdowns geworden waren.

Mit Antonios Festnahme begann die Anspannung nachzulassen. Luke atmete tief durch und wandte sich an sein Team.

«Gut gemacht, alle zusammen. Das war nicht einfach, aber wir haben es geschafft, ihn zu stoppen, bevor er fliehen konnte.»

Mia, die während des Konflikts medizinische Hilfe für Verletzte geleistet hatte, trat zu Luke. «Was passiert jetzt?», fragte sie, während sie ihre medizinische Ausrüstung ordnete.

«Wir müssen sicherstellen, dass alle Bereiche des Gefängnisses gesichert sind und dass es keine weiteren Bedrohungen von Antonios Anhängern gibt», antwortete Luke. «Niklas wird uns dabei helfen, die Überwachung und Kontrollen zu verstärken.»

Niklas, der inzwischen zu ihnen gestoßen war, nickte zustimmend. «Ich werde das Sicherheitsteam anweisen, doppelte Patrouillen durchzuführen und alle Zellenblöcke gründlich zu überprüfen. Wir können jetzt kein Risiko eingehen.»

Die Gruppe machte sich dann daran, das Gefängnis systematisch zu sichern, eine Aufgabe, die durch die effiziente Koordination und die verbesserten Sicherheitsmaßnahmen erleichtert wurde.

«Wir haben heute mehr als nur das Gefängnis gesichert», sagte Luke, während er Niklas einen bedeutungsvollen Blick zuwarf. «Wir haben vielleicht auch etwas gefunden, das es wert ist, außerhalb dieser Mauern weiter zu erkunden.»

Niklas, dessen Gesicht sich in einem seltenen Lächeln aufhellte, erwiderte: «Ja, das haben wir.»

Zusammen mit dem restlichen Team setzten sie ihre Arbeit fort, erleichtert darüber, dass die unmittelbare Gefahr vorüber war, aber sich bewusst, dass die kommenden Tage entscheidend sein würden, um die Ordnung vollständig wiederherzustellen und die Wunden zu heilen, die der Aufstand hinterlassen hatte.

Nachdem die Kontrolle über das Gefängnis wiederhergestellt war, traten Luke und sein Team in eine Phase der Nachbereitung ein. Die letzten Tage hatten das gesamte Personal und die Insassen auf die Probe gestellt, und es war nun an der Zeit, die Ordnung vollständig wiederherzustellen und aus den Ereignissen zu lernen.

Luke, dessen Undercover-Mission offiziell beendet war, hatte das Gefängnis verlassen. Auf dem Revier traf er sich mit Kommissar Weinert, um seinen Bericht abzuschließen und die Erkenntnisse der Mission zu besprechen.

«Ihre Arbeit hat entscheidend dazu beigetragen, eine große Gefahr für die Sicherheit zu neutralisieren», lobte Kommissar Weinert Luke, während sie in seinem Büro saßen. «Wir werden sicherstellen, dass die Lücken, die Antonio ausnutzen konnte, geschlossen werden.»

Luke nickte, erleichtert darüber, dass die harte Arbeit Anerkennung fand, aber auch nachdenklich über die tiefen Einblicke, die er in das Leben hinter Gittern gewonnen hatte.

«Ich hoffe, dass meine Erfahrungen dazu beitragen können, das System zu verbessern», erwiderte er.

Nach dem offiziellen Teil seiner Pflichten nahm Luke sich einen Moment Zeit, um sich von Niklas zu verabschieden. Sie trafen sich außerhalb des Gefängnisgeländes, ein symbolischer Ort, der das Ende ihrer gemeinsamen Erfahrungen hinter den Mauern markierte.

«Es war eine außergewöhnliche Zeit, und ich bin froh, dass ich das mit dir durchstehen konnte», sagte Luke, seine Wertschätzung für Niklas' Unterstützung ausdrückend.

Niklas, der während der gesamten Krise an Lukes Seite gestanden hatte, fühlte eine ähnliche Verbundenheit.

«Ich auch, Luke. Es hat vieles verändert, nicht nur im Gefängnis, sondern auch was meine Sicht auf vieles angeht.»

«Lass uns irgendwo treffen, wo keine Gitter und Schlösser zwischen uns sind», schlug Niklas vor, ein Lächeln umspielte seine Lippen.

«Das klingt perfekt», stimmte Luke zu, erfreut über die Möglichkeit, ihre Beziehung in einem normalen, entspannten Umfeld weiterzuführen.

Als sie sich verabschiedeten, fühlten beide eine Mischung aus Erleichterung und Vorfreude. Sie wussten, dass die kommenden Tage und Wochen ihnen die Chance geben würden, zu erforschen, was zwischen ihnen während der intensiven Momente des Aufstands begonnen hatte. Mit einem letzten Blick auf das Gefängnis, das jetzt in ruhigerer Verfassung zurückblieb, machten sie sich auf den Weg in eine ungewisse, aber hoffnungsvolle Zukunft.

Kapitel 14

Luke und Niklas betraten die gemütliche Bar, die ein willkommener Rückzugsort vom hektischen Alltag und den Schatten ihrer jüngsten Erfahrungen im Gefängnis war. Die Atmosphäre hier war entspannt, mit sanfter Musik im Hintergrund und gedämpftem Licht, das eine intime Stimmung schuf. Sie wählten einen abgelegenen Tisch in einer Ecke, weit entfernt von den anderen Gästen, um ungestört sprechen zu können.

«Es fühlt sich gut an, einfach mal rauszukommen und all das hinter uns zu lassen, wenn auch nur für ein paar Stunden», sagte Luke, während er sich in den Sitz lehnte und die Speisekarte durchsah.

Niklas nickte zustimmend und gab seine Bestellung auf, bevor er Luke direkt ansah.

«Ja, das tut es wirklich. Nach allem, was passiert ist, ist es schön, sich in einer normalen Umgebung zu entspannen und einfach nur zu reden.»

Als ihre Getränke ankamen, stießen sie leicht mit ihren Gläsern an.

«Auf einen ruhigen Abend», sagte Niklas, und Luke erwiderte das Prost mit einem zufriedenen Lächeln.

Das Gespräch begann locker, sie sprachen über alltägliche Dinge, Filme, die sie kürzlich gesehen hatten, und Bücher, die sie lasen. Doch allmählich lenkten sie das Thema auf ihre Erfahrungen. Luke eröffnete, wie er sich während seiner Undercover-Zeit oft isoliert und unter enormem Druck gefühlt hatte.

«Es gab Momente, da war ich mir nicht sicher, ob ich durchhalten würde», gestand er offen.

Niklas hörte aufmerksam zu und teilte dann seine eigenen Herausforderungen als Wärter, die oft moralische Dilemmata und Entscheidungen mit sich brachten, die ihm nachts den Schlaf raubten.

«Es ist nicht immer einfach, die richtige Entscheidung zu treffen, besonders wenn die Linien zwischen richtig und falsch so verschwommen sind», erklärte er.

Ihr Gespräch vertiefte sich, als sie begannen, mehr über ihre Kindheit und die Wege, die sie zu ihren jetzigen Karrieren geführt hatten, zu teilen. Dieser Austausch von Geschichten schuf eine Verbindung, die über das Berufliche hinausging, und beide spürten, wie eine besondere Bindung zwischen ihnen entstand.

Als der Abend fortschritt und die Bar sich langsam leerte, fanden sich Luke und Niklas in einem Moment der Stille wieder, die nur durch den sanften Klang der Hintergrundmusik unterbrochen wurde.

In diesem ruhigen Moment, fast synchron, neigten sie sich einander zu und teilten einen zärtlichen, bedeutsamen Kuss, der ihre wachsenden Gefühle füreinander bestätigte. Es war ein Kuss, der nicht nur eine mögliche Liebe ankündigte, sondern auch das Versprechen eines neuen Anfangs.

Nach dem sanften, bedeutsamen Kuss, der zwischen ihnen getauscht wurde, lächelten Luke und Niklas sich an, ein stilles Einverständnis über die neue Dimension ihrer Beziehung erkennend. Sie nahmen ihre Gespräche wieder auf, diesmal mit einer Offenheit, die durch ihr gestärktes Vertrauen ermöglicht wurde.

Luke begann, detaillierter über seine Undercover-Arbeit zu sprechen, über die Einsamkeit und die Schwierigkeiten, sich an ein Leben außerhalb des Undercover-Daseins anzupassen.

«Es ist seltsam, manchmal fühle ich mich, als würde ich zwischen zwei

Welten leben. Hier draußen fühlt es sich manchmal so fremd an wie drinnen», gestand er, während er nachdenklich sein Glas drehte.

Niklas hörte zu, sein Blick ernst, aber voller Empathie. «Ich kann mir nur vorstellen, wie hart das sein muss. Aber du bist nicht mehr allein damit. Wir können zusammen herausfinden, wie das ‚Normal' für dich aussehen kann», sagte er, seine Hand ausstreckend, um Lukes Hand zu greifen.

Der Austausch wurde persönlicher, als Niklas von seinen frühen Jahren in der Polizeiakademie erzählte, von den Herausforderungen und den Zeiten, in denen er fast aufgegeben hätte. «Es gab diesen einen Mentor, der mir half, alles in Perspektive zu setzen. Er lehrte mich, dass Stärke nicht immer darin besteht, die härteste Person im Raum zu sein, sondern die klügste und mitfühlendste.»

Luke nickte, beeindruckt von Niklas' Tiefe.

«Das erklärt, warum du so gut bist in dem, was du tust. Du bringst nicht nur Stärke, sondern auch Verständnis und Mitgefühl ein.»

Als die Bar sich zum Schließen bereitmachte, beschlossen sie, den Abend bei Luke zu Hause fortzusetzen. Sie zahlten ihre Rechnung und verließen die Bar, Hand in Hand, die kühle Nachtluft einatmend. Das Gefühl der Nähe, das sie jetzt teilten, schien sie gegen die Welt da draußen zu isolieren, ein seltenes Gefühl der Zugehörigkeit in ihrem oft isolierten Leben.

Nachdem sie die Bar verlassen hatten, schlenderten Luke und Niklas entspannt durch die nächtlichen Straßen, genießend die Ruhe, die nur die späte Stunde bieten konnte. Die Straßenlaternen warfen sanfte Schatten auf ihren Weg, und die Stille der Nacht wurde nur gelegentlich durch das ferne Geräusch eines Autos unterbrochen.

In dieser friedvollen Atmosphäre teilten sie Gedanken über die Zukunft und was sie sich persönlich vom Leben erhofften. Luke erklärte, wie sehr er sich ein Leben wünschte, das nicht ständig von der Arbeit überschattet wurde, ein Leben, in dem er auch Raum für persönliche Beziehungen und Freuden haben könnte.

«Ich habe viel zu lange in einer Welt gelebt, die von Geheimnissen und Gefahr dominiert wird. Es ist Zeit für etwas Echtes, etwas Dauerhaftes», gestand er.

Niklas, dessen Hand immer noch die seine hielt, drückte leicht zu, ein Zeichen seiner Unterstützung.

«Ich bin dabei, Luke. Was auch immer du brauchst, um diesen Übergang zu machen, ich bin für dich da.»

Gerade als sie über Lukes Wohnung sprachen und planten, wie sie den restlichen Abend verbringen würden, änderte sich schlagartig die Atmosphäre. Aus dem Schatten trat eine Gestalt hervor, schnell und bedrohlich. Bevor einer von ihnen richtig reagieren konnte, spürte Luke einen heftigen Stoß gegen seinen Rücken. Er stolperte nach vorne, überrascht und schmerzerfüllt und fiel zu Boden.

Niklas reagierte instinktiv, wandte sich dem Angreifer zu und stellte sich schützend über Luke. Der Angreifer, ein großer, breitschultriger Mann, zögerte einen Moment, dann lachte er höhnisch.

«Schöne Grüße von Antonio», zischte er, bevor er erneut zum Angriff ansetzte.

Niklas, geübt in Selbstverteidigung, konnte den Angreifer abwehren und überwältigen. Er drückte den Mann zu Boden, entwand ihm das Messer, hielt ihn fest, während er mit seiner freien Hand das Telefon zückte und gleichzeitig den Krankenwagen und die Polizei rief. Sein Herz raste, während er verzweifelt hoffte, dass Luke nicht allzu schwer verletzt war.

Als die Polizei eintraf, übergab Niklas den Angreifer den Beamten, sein Blick dann schnell zu Luke zurückkehrend, der blutend am Boden lag, aber bei Bewusstsein.

«Es wird alles gut, Luke. Bleib bei mir», sagte er, seine Stimme von Sorge erfüllt, während sie auf den Krankenwagen warteten.

Kapitel 15

Luke lag im Krankenhausbett, die blassen Krankenhauswände und das monotone Piepen des Monitors bildeten einen starken Kontrast zu den turbulenten Ereignissen der letzten Tage. Er war müde, die Schmerzmittel machten ihn schläfrig, aber sein Geist war unruhig, geplagt von Erinnerungen an den Angriff.

Niklas saß an seiner Seite, ein stilles, beruhigendes Vorhandensein. Er hielt ein Buch in der Hand, doch seine Augen waren häufiger auf Luke gerichtet als auf die Seiten. Die Sorge war in seinen Zügen eingraviert, jeder Seufzer von Luke zog seine volle Aufmerksamkeit auf sich.

Die Tür zum Zimmer öffnete sich leise, und Mia trat ein, ein Bündel fröhlich bunter Blumen in der einen Hand.

«Wie fühlst du dich, Luke?», fragte sie mit einem warmen Lächeln, als sie die Blumen auf das Nachttischchen stellte.

«Besser, jetzt wo ihr beide hier seid», antwortete Luke, seine Stimme schwach, aber sein Lächeln erreichte seine Augen. «Danke für die Blumen, sie bringen etwas Farbe in diesen tristen Ort.»

Mia nickte und setzte sich auf die andere Seite des Bettes. «Das gesamte Team lässt dich grüßen. Alle fragen nach dir und hoffen auf deine schnelle Genesung. Dein Einsatz während des Aufstandes hat Eindruck bei ihnen hinterlassen.»

Ihre Stimme war sanft, und es war klar, dass sie nicht nur als Krankenschwester, sondern auch als Freundin sprach.

«Sag ihnen, ich vermisse das Chaos gar nicht», scherzte Luke, was Mia und Niklas zum Lachen brachte.

«Du hast wirklich Glück gehabt, Luke», sagte Niklas, nachdem das Lachen abgeklungen war. «Es hätte viel schlimmer ausgehen können. Wir haben den Angreifer festgenommen, und er hat bereits ein Geständnis abgelegt. Er hat Informationen, die uns helfen werden, Antonios Netzwerk endgültig zu zerstören.»

Luke nickte, seine Miene wurde ernst.

«Das ist eine gute Nachricht. Es beruhigt mich zu wissen, dass wir Antonio und seine Leute nicht mehr fürchten müssen.»

«Genau», stimmte Mia zu. «Und jetzt musst du dich darauf konzentrieren, wieder gesund zu werden. Der Rest wird sich finden.»

Die drei sprachen noch eine Weile über die Entwicklungen im Fall und die nächsten Schritte in der Ermittlung. Trotz der schweren Themen fühlte sich Luke getröstet durch die Anwesenheit seiner Freunde. Ihre Unterstützung gab ihm die Kraft, sich auf seine Genesung zu konzentrieren, und die Gewissheit, dass die Gerechtigkeit ihren Lauf nehmen würde.

Während Luke sich weiterhin von seinen Verletzungen erholte, setzten die Ermittlungen gegen Antonio und sein kriminelles Netzwerk draußen ihren Lauf fort. Niklas hielt Luke über die Entwicklungen auf dem Laufenden, und an diesem Tag brachte er bedeutende Neuigkeiten mit ins Krankenhauszimmer.

«Der Angreifer hat ausgesagt», begann Niklas, während er einen Stuhl an Lukes Bett zog. «Er hat nicht nur den Auftrag von Antonio bestätigt, dich aus dem Weg zu räumen, sondern auch wertvolle Informationen über das Netzwerk geliefert, die uns bisher verborgen waren.»

Luke, obwohl noch immer sichtlich geschwächt, zeigte sich sofort interessiert.

«Was genau hat er gesagt?», fragte er, seine Augen auf Niklas gerichtet.

«Er hat detailliert beschrieben, wie Antonio seine Operationen organisiert und welche externen Verbindungen er nutzt, um seinen Einfluss zu wahren. Es geht um mehrere hochrangige Personen, die jetzt unter Beobachtung stehen.» Niklas zog ein Notizbuch hervor und blätterte zu seinen Notizen. «Es sind einige überraschende Namen darunter, Luke. Das wird große Wellen schlagen, wenn es an die Öffentlichkeit kommt. Es ist erstaunlich, dass Antonio, der so organisiert ist, ausgerechnet einen engen Vertrauten auf dich losgelassen hat.»

Luke nickte langsam, die Tragweite der Informationen erfassend.

In der Stille des Krankenhauszimmers, unterbrochen nur durch das regelmäßige Piepen des Herzmonitors, saßen Luke und Niklas zusammen, während die Sonne langsam unterging und das Zimmer in ein sanftes Abendlicht tauchte.

Niklas beobachtete, wie Luke nachdenklich aus dem Fenster blickte.

«Wie fühlst du dich mit all dem, was passiert ist?», fragte er, seine Stimme sanft, um den ruhigen Moment nicht zu stören.

Luke drehte sich zu ihm, ein nachdenklicher Ausdruck in seinen Augen. «Es ist viel zu verarbeiten. Ich bin froh, dass wir endlich Fortschritte machen, Antonio und seine Leute zur Rechenschaft zu ziehen. Aber es lässt mich auch über alles nachdenken, was wir durchgemacht haben, um hierher zu kommen.»

Niklas nickte verständnisvoll.

«Es war ein harter Weg, das steht fest. Aber denke daran, dass deine Tapferkeit und Entschlossenheit einen großen Unterschied gemacht haben. Ohne dein Engagement wären wir vielleicht nie so weit gekommen.»

Luke lächelte schwach.

«Und ich hätte es nicht ohne dich und Mia geschafft. Ihr beide wart meine

Stütze in den dunkelsten Momenten.»
Er hielt inne, seine Stimme wurde wei-
cher. «Niklas, ich…» Er zögerte, suchte
nach den richtigen Worten.
«Ja?», ermutigte Niklas ihn, seine Hand
ausstreckend, um Lukes zu greifen.
«Ich bin wirklich froh, dass du in
meinem Leben bist.», gestand Luke.
«Diese ganze Erfahrung hat mir
gezeigt, wie wertvoll es ist, jemanden
zu haben, auf den man sich verlassen
kann.»
Niklas drückte Lukes Hand.
«Ich empfinde genauso, Luke. Was wir
zusammen erlebt haben, hat eine
besondere Verbindung geschaffen, die
ich nicht missen möchte.»
Die Nacht im Krankenhaus verlief
ruhig. Luke lag wach, nachdenklich
über die Gespräche, die er mit Niklas
geführt hatte. Das sanfte Summen der
medizinischen Geräte bot eine beruhi-
gende Kulisse für seine Gedanken.
Trotz der physischen Schmerzen und

der Müdigkeit fühlte sich Luke geistig
wacher denn je, voller Hoffnung für die
Zukunft, die nun vor ihm lag.

Am nächsten Morgen, als die ersten
Sonnenstrahlen das Krankenzimmer
erleuchteten, besuchte Mia Luke
wieder. Sie kam mit einem fröhlichen
Lächeln und einem frischen Blumen-
strauß, um das Zimmer aufzuhellen.
«Wie geht es dir heute Morgen?», fragte
sie, während sie die Blumen in eine
Vase stellte.

«Besser, danke. Niklas und ich hatten
gestern ein langes Gespräch. Es hat mir
viel bedeutet», antwortete Luke, ein
dankbares Lächeln auf seinem Gesicht.

Mia setzte sich an die Bettkante und sah
Luke ermutigend an. «Er hat mir
erzählt, dass ihr über viele Dinge
gesprochen habt. Es ist gut zu sehen,
wie ihr euch gegenseitig unterstützt.»

«Ja, es ist erstaunlich, wie diese Krise
uns alle nähergebracht hat. Ich denke,
es hat uns gezeigt, wie wichtig es ist,

aufeinander aufzupassen und zusammenzuhalten», erwiderte Luke. «Und jetzt, da das Schlimmste vorbei ist, freue ich mich darauf, ein neues Kapitel aufzuschlagen.»

Mia nickte zustimmend.

«Das ist wunderbar zu hören. Und wie sieht dein neues Kapitel aus? Hast du schon Pläne?»

Luke dachte einen Moment nach, bevor er antwortete.

«Ich möchte weiterhin dazu beitragen, das Justizsystem zu verbessern, basierend auf dem, was ich erlebt habe. Aber ich möchte auch mehr Zeit für die Dinge und Menschen nehmen, die mir wichtig sind.»

«Das klingt nach einem ausgezeichneten Plan», sagte Mia, ihre Augen leuchteten mit Anerkennung. «Und ich bin sicher, Niklas wird an deiner Seite sein, egal was kommt.»

«Das hoffe ich», erwiderte Luke, sein Blick wanderte zum Fenster, durch das die Morgensonne strahlte. «Ich habe das Gefühl, dass alles möglich ist, wenn wir zusammenhalten.»

Der Rest des Tages verlief ruhig, mit weiteren Besuchen von Kollegen und Freunden, die Luke ihre Genesungswünsche brachten und ihre Unterstützung anboten. Jeder Besuch bestärkte Luke in seinem Entschluss, sich für positive Veränderungen einzusetzen und gleichzeitig die Beziehungen zu denen, die ihm nahestanden, zu pflegen und zu stärken.

Als der Tag zu Ende ging und das Krankenhaus wieder in die nächtliche Stille überging, fühlte Luke sich ermüdet, aber erfüllt von einem tiefen Gefühl der Zuversicht und des Optimismus. Mit Niklas und Mia an seiner Seite und einem klaren Ziel vor Augen, war er bereit, die Herausforderungen anzunehmen, die auf ihn warteten, und das Leben voll und ganz zu leben.

Während Luke im Krankenhaus weiter zu Kräften kam, verbreitete sich die Nachricht von der endgültigen Zerschlagung von Antonios kriminellem Netzwerk schnell. Die Polizei hatte dank der Informationen des festgenommenen Angreifers bedeutende Durchbrüche erzielt, und viele von Antonios Verbündeten waren nun in Haft. Diese Entwicklungen brachten eine Welle der Erleichterung und des Optimismus, sowohl im Krankenhaus als auch darüber hinaus.

An einem klaren, sonnigen Morgen, kurz bevor Luke aus dem Krankenhaus entlassen wurde, kam Niklas zu einem besonderen Besuch. Er trat mit einem breiten Lächeln ins Zimmer, in seiner Hand hielt er eine kleine Broschüre.

«Ich habe Neuigkeiten, die unser Leben verändern könnten», verkündete er, während er sich neben Lukes Bett setzte.

«Was ist das?», fragte Luke, neugierig und etwas aufgeregt.

«Es ist ein Prospekt für ein Haus am See. Ich dachte, vielleicht könnten wir uns das mal anschauen. Ein Ort, weit weg vom Trubel der Stadt, wo wir beide ein wenig Ruhe finden und über unsere Zukunft nachdenken könnten», erklärte Niklas.

Luke war überrascht, aber die Idee gefiel ihm sofort.

«Das klingt fantastisch», sagte er, ein Lächeln breitete sich auf seinem Gesicht aus. «Ich kann mir keinen besseren Ort vorstellen, um einen neuen Anfang zu starten.»

Die beiden sprachen aufgeregt über die Möglichkeiten, die ihr neues Leben bieten könnte, frei von den Schatten der Vergangenheit und voller Hoffnung auf die Zukunft. Sie planten, das Haus so bald wie möglich zu besichtigen und, wenn alles gut ginge, ein neues Kapitel ihres Lebens dort zu beginnen.

Auch wenn sie einander noch kaum kannten, zweifelten sie nicht daran, dass das Ganze klappen würde.

Am Tag seiner Entlassung aus dem Krankenhaus waren Luke und Niklas von einer Atmosphäre der Zuversicht und des Neuanfangs umgeben. Sie verabschiedeten sich herzlich von dem medizinischen Personal und von Mia, die gekommen war, um Luke zu verabschieden.

«Pass auf dich auf, Luke. Und du auch, Niklas», sagte Mia, während sie beide umarmte. «Und vergesst nicht, mich zum Einweihungsgrillen einzuladen!»

Mit einem Lachen versprachen sie, sie nicht zu vergessen, und verließen dann das Krankenhaus, bereit für die Abenteuer, die vor ihnen lagen. Hand in Hand, mit Blicken voller Vertrauen und Liebe, traten sie in eine Welt, die nun voller Möglichkeiten war.

Epilog

Einige Jahre waren vergangen, seit Luke und Niklas das kleine Haus am See gekauft hatten. Es war ein friedlicher, sonnendurchfluteter Nachmittag, und der See glitzerte ruhig, fast so, als würde er die Ruhe und das Glück widerspiegeln, das sie gefunden hatten. Seit seinem Wechsel in den Innendienst führte Luke ein weniger gefährliches Leben, das ihm mehr Raum gab, die kleinen Freuden des Alltags zu genießen.

Das Paar hatte den Tag mit einer langen Wanderung verbracht, die Luft war erfüllt mit dem Duft des Frühlings und dem Klang ihrer Lacher. Während sie am Ufer entlanggingen, zurück zu ihrem gemeinsamen Zuhause, hielt Niklas inne und blickte auf den ruhigen See hinaus. Er hatte diesen Moment sorgfältig geplant und wusste, dass jetzt der perfekte Zeitpunkt war.

«Luke», begann er, während er sich zu ihm umdrehte und seine Hand nahm. «Diese Jahre mit dir, dieses Leben, das wir aufgebaut haben… es ist mehr, als ich mir je hätte erträumen lassen.»

Luke, dessen Herz bei Niklas' Worten schneller schlug, lächelte und drückte seine Hand.

«Für mich auch, Niklas. Ich wusste nicht, dass ich jemals so glücklich sein könnte.»

Niklas holte tief Luft, die nächsten Worte waren die wichtigsten, die er je sagen würde. Er ging vor Luke auf ein Knie und zog eine kleine Schachtel aus seiner Tasche. Als er sie öffnete, funkelte ein einfacher, aber eleganter Ring im Sonnenlicht.

«Luke, willst du mich heiraten? Willst du diesen wunderbaren Weg mit mir weitergehen, als mein Partner, mein gleichgestellter, mein alles?»

Tränen des Glücks glitzerten in Lukes Augen, als er die Bedeutung des Moments erfasste. Er nickte, unfähig, die Worte zu finden, die seine Freude und Liebe ausdrücken konnten.

«Ja, Niklas, ja, ich will. Es gibt nichts auf dieser Welt, was ich mehr möchte.»

Die beiden umarmten sich fest, ihre Herzen schlugen im Einklang, während die Sonne langsam hinter dem See unterging, ihre Silhouetten in ein warmes goldenes Licht tauchend. Dieser Moment, eingebettet in die Stille der Natur und die Tiefe ihrer Verbundenheit, war ein Versprechen einer gemeinsamen Zukunft, die ebenso strahlend und beständig sein würde wie der Ring, der nun Lukes Finger zierte.